掟上今日子的
性封面

西尾維新
NISIOISIN

譯／緋華璃

目次

序幕

掟上今日子的逮捕劇

日怠井警部從接獲課長「去第四偵訊室一趟」命令的那一刻起，心裡已有不祥的預感——不只是因為遇到遭逮捕的嫌犯被認定為難對付的「強敵」時，署裡總會將其送進第四偵訊室的這項慣例，而是久違多時又再命令他去審問嫌犯的這件事本身，就已非比尋常。

單純地為此感到高興，暌違已久地來大顯身手一番給大家瞧瞧——他才沒有這麼天真。

話說回來，不只是千曲川署的第四偵訊室，上頭這陣子根本不讓日怠井警部靠近偵訊室——因為他根本不適合審問嫌犯。

不是因為審訊技巧太差。

毋寧說是太優秀。

（說是太優秀也不太貼切——總之就是不適合）

他會這麼想並不是自謙，而是有所自覺。

也可以說是自嘲。

因為一旦派他去審訊，嫌犯會連沒．犯．過．的．罪也開始滔滔不絕地自白……日怠井警部既沒有強迫威脅嫌犯，也沒有無端恐嚇嫌犯的意思，可惜虎背熊腰又面目猙獰的他，似乎就是會讓被他審訊的對象產生這種感覺。

有段時間甚至還因此蒙受「冤罪製造機」的污名。

話雖如此，也不能因此就在工作上打馬虎眼（更何況，像日怠井警部這種彪形大漢要是輕聲細語地逼問嫌犯，反而更恐怖吧），但自從某個案件以後，就算是自己逮捕的嫌犯，他也不負責審訊了。

沒錯，自從逮捕了某位青年以後——那位身高與日怠井警部不分軒輊，始終神色倉皇的駝背青年，任誰看來都是個可疑的嫌犯，然而就在將他移送法辦前找來的偵探，卻以迅雷不及掩耳的速度證實他遭到冤枉——也等於是證明日怠井警部抓錯了人。

（記得好像是叫什麼最快的偵探來著——總之是位名偵探）

然而不開玩笑，差點把無辜的年輕人移送法辦，這件事真的太丟人，導致日怠井警部從此再也不踏進偵訊室半步——才沒這種事。當時那名形跡可疑的青年，無疑是嫌疑最大的嫌犯，單就盡忠職守這點，直到此時此刻，日怠井警部依舊認為自己沒犯任何錯。

民眾抨擊他抓錯人還不道歉的批評聲浪，日怠井警部當然也有所耳聞，然而如同嫌犯有緘默權，他認為警方當然也有權利拒絕做出對於自己不利的證詞——至少當偵探向他提出明確的「無罪證據」時，日怠井警部並未湮滅證據。

秉公處理。他自認身為公務員，這麼做已經夠了。

只是，日怠井警部的確因為這件事而一下子失去了幹勁——身為刑警的士氣大受打擊。或說得直白點，對於被迫扮演襯托偵探的角色這件事，著實心生厭煩。

（成為突顯某某人活躍的舞台裝置……我才不幹呢）

連警犬都當不成的喪家之犬。

要冷為偵探暖場不打緊，結果還落得瀆職警官的污名，簡直是賠了夫人又折兵。為了明白揭示案件有多難，被迫丟人現眼地做為度量衡，但領到的薪水根本不值這般犧牲。與其如此，一開始就找偵探來辦案不就得了。

日怠井警部幾近自暴自棄地這麼想。

主管大概也看出了端倪，體貼地（或者是不知該拿他如何是好地）將日怠井警部調離審訊的工作——至少今天以前是如此。

可是如今突然要他去偵訊室——那個課長到底在想什麼？即便偵訊室裡的嫌犯再怎麼棘手，因此就派冤罪製造機去審訊，也絕不是個明智的抉擇。

也罷。

去了就知道了。

雖然提不起勁，但也同時缺少足以拒絕的熱情，更沒有揚言已經全面退出審訊工作的信念。總之抱著上面怎麼說他就怎麼做的決心，日怠井警部走向第四偵訊室——結果的確是「去了就知道的事」。

刑警的直覺正中紅心。

走進第四偵訊室，為什麼派他來審訊不言自明——問題是，這麼一來，他更搞不清楚狀況了。

因為。

遵照警署內的規定，被繩子綁住，坐在第四偵訊室椅子上的白髮嫌犯，正是讓日怠井警部不肯再踏進偵訊室半步的當事人——那位偵探。

如假包換的名偵探。

只見她嫣然一笑，彷彿是在迎接進入偵訊室的日怠井警部般……舉起銬著結實手銬的雙手，輕輕地朝他揮了揮，一邊開口說道。

「初次見面，我是嫌犯，掟上今日子。」

第一話

掟上今日子的偵訊室

1

初次見面。

被這麼一說，日怠井警部清清楚楚地想起一件極為諷刺的事，她不只是區區的偵探，也不只是區區的名偵探，而是忘卻偵探——身為最快的偵探，同時也是忘卻偵探。

不，正因為是忘卻偵探，所以才會是最快。

因為她一旦睡著，記憶就會重置，所以無論什麼樣的事件，都必須在一天以內解決才行……之類的。既非虛張聲勢，也非誇大廣告，事實上，她就是在日怠井警部面前，只以「一眨眼的工夫」把問題解決了。

令人目不暇給的速度。

可是嚴格說來，她只證明了被日怠井警部當成嫌犯的青年是無辜清白，並未揪出真兇，也沒有幫忙破案……

（「那部分就交給日怠井警部了。讓我們都全力以赴喔！」）

（明明還曾撂下如此不負責任的妄語……）

看樣子她已經全忘光了。真是名不虛傳。

別說案情，連日怠井警部是誰都忘了……當然，即使沒被她撂下妄語，日怠井警部在之後也秉公處理，用雖然稱不上最快，但也還算過得去的速度逮捕了那起案件的「真兇」，可是基於先前的理由，他並未親自參與審訊。

（沒想到在那之後首次要審訊的對象，竟然就是當時為我的審訊生涯畫下句點的忘卻偵探──這到底是什麼樣的孽緣啊）

日怠井警部心中雖然充滿問號，但卻絲毫不動聲色，依舊保持他不苟言笑的面無表情（儘管大家都說他那樣才恐怖），慢條斯理地在忘卻偵探的對面坐下，要求原本待在房間裡、負責監視的警官離席……這在規定上有點介於灰色地帶，但是日怠井警部的手法比較老派，認為審訊就是要一對一地獨處，方能更快攻破對方的心防。

隨著歲月流轉，這個手法在今日看來應該又更老派，然而面對久違的審訊，他不想改變態度……反正從上頭派出日怠井警部的那一刻起（或者是當嫌犯是忘卻偵探的那一刻起），就已經大幅跳脫正常程序了。而且既然是最快的偵探，對於速戰速決也想必不會有任何怨言吧。

「初次見面，敝姓日怠井，階級是警部。」

試探性地回以「初次見面的寒暄」。

「原來是警部大人啊，勞煩您親自出馬，真是愧不敢當。」

忘卻偵探神清氣爽地燦笑著回答。

而從其眼鏡後面的瞳眸卻是完全無法揣測她的真心。

雖然看她一臉雲淡風輕，但光是與日怠井警部在這麼近的距離大眼瞪小眼還能侃侃而談，就已經夠詭異了——即便隔著桌子，換作是膽子比較小的人，縱使有點年紀，面對這種距離感、壓迫感，就算嚇到哭也不足為奇。

對於手銬及腰繩也完全不為所動——明明是在裝著鐵窗、光線不充足的第四偵訊室裡，依舊優雅得彷彿坐在露天咖啡座的椅子上。

（原來如此，這傢伙的確很「棘手」……就連在我遭稱冤罪製造機的人生裡，也沒有對上過這種人。可是——）

光是這個原因，尚不足以出動日怠井警部來負責審訊——畢竟上頭就連忘卻偵探究竟為何被捕都沒告訴他——儘管如此，還是不管三七二十一地派他來審訊，那麼理由只有一個，就是因為他曾有過與忘卻偵探交手的經驗．．．．．．．．．。

如果要說有經驗，無非是這方面的經驗。

日怠井警部深深地嘆了一口氣，丟出第一個問題。

「今日子小姐，你知道自己為什麼會在這裡嗎？」

「喔，完全沒有頭緒呢。一點印象也沒有。」

「我想也是。」

2

就算想審訊案情，但嫌犯本人卻將最重要的「案情」忘得一乾二淨——這樣的審訊根本無法成立。

不難想像至今在這個房間裡，負責審訊的員警與嫌犯之間到底展開過多少徒勞無功的攻防戰……行使緘默權的嫌犯可能還比較好搞定。
擁有忘卻權的嫌犯。
即便不是名偵探，也能推理出至今的來龍去脈——無非是在束手無策的情況下，終於發現她是偵探，而且過去曾經協助解決發生在管轄內的案件，才把這個燙手山芋丟到曾經也是當事人的日怠井警部手上。
這也無妨，可以理解。
問題是，她眼下究竟因為了什麼（連本人都不記得的）罪狀被拘留……既然都銬上了手銬，顯然已經不只是停留在重要參考人的階段，而是確確實實地遭到逮捕。那，罪名到底是什麼？
再怎麼十萬火急，也應該先搞清楚這一點再進入偵訊室才對……莫非是與金錢有關？
想起初遇時的情景，忘卻偵探給人的印象，是個對於金錢錙銖必較的偵探……當時的嫌犯（委託人）為了換回自由，也支付了相當可觀的費用。
（難不成是逃稅嗎？）

有可能。當時他就覺得很好奇，既然忘卻偵探到了隔天，就會把已經解決的案子連同委託人等等的業務內容全忘光，這樣要怎麼繳稅……然而，就算自己曾是與忘卻偵探「交過手」的人，也不可能由他負責審訊逃漏稅的嫌犯——畢竟日怠井警部是刑事部搜查一課的人。

（既然如此，是暴力犯罪嗎……）

暴力小今。

不，這可不好笑，就算是開玩笑也太不好笑了。如果這裡不是日本，可能還勉強能博取個苦笑。

不管怎樣，即便忽略嫌犯是忘卻偵探這點，仍然會衍生出一個很大的問題——雖說是檯面下（而且還與檢調方向徹底對立），警方這次卻把好歹也是以前協助過辦案的偵探，當成了凶惡犯罪的嫌犯逮捕到案。

光是這樣，足以被算是警方衣食父母的社會大眾罵到臭頭的材料就已經堆積如山了——說不定還會發展成媒體見獵心喜地跑來挖祖墳的連鎖反應，使得千曲川署以前的醜聞全被挖出來。

到時候，曾經風靡一時的冤罪警部——日怠井警部的存在肯定也會浮上水面。不，此時自己的名譽（或者是不名譽）一點都不重要……光是讓犯罪者協助辦案一事曝光，就會掀起滿城風雨。而且，「在檯面下請其協助調查」的事實，絕對會讓事情更難收拾。

（不過……光是銬上手銬、被腰繩限制行動、坐在偵訊室裡，還不能斷定她有罪……吧）

根據無罪推定的原則，有懷疑時應做出有利於被告之認定。

只是身為「與忘卻偵探交過手的人」，也很難輕易相信她是無辜的……回想當時的種種，今日子小姐文靜優雅卻強勢逼迫的搜查手法，如果要說是犯罪已經算是擦邊球了，而且還是從非常傷人的角度進攻。

既不能拿到檯面上，也不算合法。

（算了，真要這麼說的話，這個世界上幾乎沒有什麼行為不是犯罪……無論是什麼樣的行為，說到底多多少少都會觸犯某些法律）

正當日怠井警部兀自再次確認現狀（法律的現狀與自己的現狀）時，

一旁的今日子小姐始終笑咪咪的——她那平靜至極的微笑，反而讓人懷疑她該不會完全搞不清楚自己所處的現狀吧。

然而，絕不能被她的笑容唬住。因為這個偵探會用笑容來武裝自己。即使是在滿地是血、慘絕人寰的命案現場中，或是在勾心鬥角、爾虞我詐的人際關係裡，這個偵探還是能保持同樣的笑容——根據過去的傳聞，不管面對的是殘忍變態還是虐待狂魔，因為「反正到了明天就會忘記」，她都能泰然自若，處變不驚。

那種無論是在命案現場還是修羅場中都能淡然處之的神經（沒神經），才能讓她不管是在封閉的偵訊室，還是面對著凶神惡煞的日怠井警部，也都能不為所動吧。

（這對「冤罪製造機」而言，倒不失為一個好消息——至少單就這次的案子來說，我也不必擔心她會招供出根本沒犯下的罪狀）

「那麼，我就從基本的問題開始請教了。今日子小姐，你還記得『今天的你』做了些什麼嗎？」

「從這個問題來看，日怠井警部似乎比我還了解我自己的事。呵呵呵，我們以前是否一起吃過飯，還是一起解過謎呢？」

希望是一起吃過飯——她還補了這麼一句。

今日子小姐不直接回答問題，而是逕自顧左右而言他——真「棘手」。不把問題當問題……他當然知道不是每個人都會有問必答，但人是會想要解釋的生物，所以一旦被問到，都會不自覺地做出反應才是。

「只不過，對於失去記憶的我，居然勞動到警部大人親自出馬，可惜顯然是一起解謎呢——我猜您之所以會紆尊降貴來到第四偵訊室，大概是要對付我這個每天記憶都會重置的人，您是一位『專家』，是吧。第四偵訊室——呵呵呵。從剛才陪我聊天的那位『可愛的刑警先生』的樣子看來，這個房間似乎專門用來收容各種令人傷腦筋的嫌犯哪！」

「…………」

「察言觀色」是偵探的拿手好戲。

根據無心的動作、細微的表情以及脫口而出的發言，肆無忌憚、一針見血地說中對方的心事……這麼一來，立場簡直反過來了。與她「交過手」的日怠井警部還能承受這種「先來一拳代替打招呼」模式到某個程度，但是直到剛才還坐在這裡的「可愛的刑警先生」大概連一擊都無法招架吧。

（因為只需跟我們配合一天吧。從這個角度來說，就跟一日署長一樣。雖然我根本不是對付她的「專家」……但是派我來應戰的主管算是做了一個正確的判斷……）

「從您那迷人的皺眉角度來看，之前的我好像沒給日怠井警部留下太好的印象？真抱歉，當謎題擺在眼前時，我通常顧不上禮儀。但因為我已經忘得乾乾淨淨了，請您也不要放在心上。」

「……哪裡，你並沒有做出任何失禮的事。比起過去，可以請你現在不要打馬虎眼，好好回答我的問題嗎？今日子小姐，你還記得『今天的你』做了些什麼嗎？」

別認輸。要有耐心，執拗地反覆詢問、確認同一件事。

無論對方是不是忘卻偵探，這都是審訊的關鍵——最重要的是，拘泥於被名偵探技巧性地直搗黃龍這件事本身，並沒有太大的意義。

她只是笑笑地挑釁而已。

只是刻意動搖對方的心情、讓對方沉不住氣，企圖藉此獲得更多的情報而已——既然如此，日怠井警部沒有先做功課，就直接在上級的指示下前往第四偵訊室，或許反而是一件好事。

至少不用擔心被今日子小姐窺見警方的底牌——像是搜查的進度等等。

「不好意思，我一點印象也沒有。若說有什麼是我這個偵探目前知道的事，頂多只有留在備忘錄的這句話。」

語畢，今日子小姐把銬上手銬的雙手放上桌，痙攣似地扭動左手臂——只見袖子往上捲，露出直接用簽字筆寫在肌膚上的文字。

「我叫掟上今日子。二十五歲。偵探。

記憶每天都會重置。」

（……這麼說來，我上次也看過這個備忘錄）

做夢也沒想到，竟會在偵訊室裡再看到一次……

雖說被捕嫌犯依法是不准攜帶筆記本或手機等私人物品進偵訊室的，然而如果是寫在皮膚上的備忘錄，再怎麼樣也沒辦法沒收。

「我一醒來，就被不分青紅皂白地抓住了呢。頂多只能勉強知道自己是什麼人，除此之外真的一無所知。」

「……話雖如此，你倒是十分鎮定嘛？」

見她這次終於正面回答問題，日怠井警部慎重地說道……對方是偵探，講話要是不經大腦，難保不會被她抓住語病。

絕不能做球給對方。

比起襯托對方，被當成瀆職警官還好一點。

「因為手足無措也無濟於事啊！而且，反正睡著就會忘記。」

「如果你是要主張心神喪失……」

「不不不，我雖然一點印象也沒有，但是我打算堅持自己是清白的喔，而且絕不讓步。我從剛才就已經對可愛的刑警先生再三強調過了，但他似乎聽不進去哪。」

這不是廢話嗎。

無論是什麼樣的案子，宣稱對於案發當時一點印象也沒有的人要同時主張自己的清白，根本是自相矛盾——毋寧說沒有記憶的人反而會懷疑自己該不會真的做了什麼，因而感到不安才是尋常。

（不過，倒也不能把忘卻偵探的「忘卻」跟因為喝醉酒而喪失記憶的人相提並論……）

說老實話，萬一忘卻偵探在這個節骨眼主張心神喪失的話，還真不知該怎麼應對才好。要追究每天記憶都會重置的人是否具備負起行為責任能力，實在是個既敏感又微妙的問題。

由於本人始終坦蕩蕩，乍看之下不像會出手犯罪的人——但平心而論，也不能排除她仗著「反正到了明天就會忘記」而染指重大刑案的可能性。

至少在現階段，仍舊什麼都不能否定，什麼也不能肯定。

「你有根據主張自己的清白嗎？像是右手臂寫著『我沒有犯罪』……」

「呃……就我所見，身上好像沒有其他的記錄呢。」

說是這麼說，但也不能將她這句有著莫大解釋空間的話囫圇吞。就我所見——在銬著手銬的狀態下，不太可能檢查過自己全身的每一寸肌膚。

「儘管如此，我依舊認為自己是無辜的喔。因為，萬一我這個名偵探真想要犯罪的話，怎麼可能這麼輕易就被抓到。肯定會使出渾身解數，製造不在場證明，達成完美犯罪才對。」

「……………」

虛張聲勢——話不能這麼說。

不如說，正因為身為「與忘卻偵探交過手的人」，聽她說得這麼自信滿滿、斬釘截鐵，日怠井警部差點就要承認她說的有道理了。

被捕這件事本身就是無辜的證明這種莫名其妙的邏輯，固然荒謬到令人髮指，卻也具有筆墨難以形容的說服力。

當然，也不能因為這樣就讓她無罪釋放……

（至少就我所知，「今日子小姐」的確不可能犯下那種會輕易地被「可愛的刑警先生」逮捕的低級錯誤——）

縱使真的要犯罪，也不會犯錯……只是，自己現在的想法正漸漸受到忘卻偵探的誘導倒也是事實。不得不承認曾幾何時，對話的主導權已經被對方掌握——得搶回來才行。

「今日子小姐對自己的能力似乎有著很高的評價呢。」

日怠井警部語帶譏嘲地說。

「我這還算是小看自己嘍。」結果被她四兩撥千金地頂回來。「既然您是我的『專家』，應該很清楚這一點吧？」

「……我算不上是你的『專家』，只是『有過與你交手的經驗』而已。」

「『有過與我交手的經驗』。」

今日子小姐複誦了一次這句話。

糟糕！被她套話了。

雖然被她套出來的內容無傷大雅，但是被套話成功這件事本身，則會大大影響今後的「話語權的角力關係」。

即使並不是什麼太嚴重的失誤，還是有一股屈居劣勢的感覺——感覺。

這點意外地重要。一如上次日怠井警部在忘卻偵探手上嘗到的那「喪家之犬的滋味」那樣。

「實際上，你就已經被捕啦。」為了重新掌握主導權，日怠井警部清清喉嚨。「就不能想成是如同你過去破獲的那些案子般，是你的完美犯罪被看破了手腳嗎？」

「哦，這見解還真是有創意啊。」

今日子小姐笑了，笑得前仰後合。

遊刃有餘的態度始終如出一轍。

「可是，如果是那樣，當時站在我面前的應該是厲害的名偵探，而不是可愛的刑警先生才對。請恕我失禮，如果是『專家』——喔，不，如果是『有過與我交手經驗』的日怠井警部也就罷了，我實在不認為那個連我是誰都不知道，初出茅蘆的年輕人能看穿『忘卻偵探的完美犯罪』。」

不依不饒地說著歪理。

這也是偵探的真本事嗎。

不著痕跡地恭維奉承，給足日怠井警部面子的話術也是一種手段吧——原本就沒想能輕鬆，但竟是比設想中還要這麼難對付的對手。

「今日子小姐，若你不是罪犯，那麼你認為誰才是罪犯呢？」

一方面是失去耐性，再加上忿忿不平的「感覺」，日怠井警部幾乎是刁難地問——他就是因為這樣，才會讓嫌犯連沒做過的壞事都招供出來。

然而，今日子小姐似乎就是在等他這個刁鑽的問題。

「真不愧是日怠井警部，一眼就看穿我在想什麼——我正打算跟您討論這件事呢。」

隨即打蛇隨棍上地把身子往前探。

居然假裝被他套話——真是討厭的偵探。

雖說把身體往前探，但因為被綁在椅子上，頂多也只能把身體往前傾。

「到底誰是罪犯，誰才是真兇呢？要是我的話……想必可以把那個人揪出來喔——以最快的速度。」

「最快的速度……」

最快的——忘卻偵探。

無論什麼樣的案件都能在一天內解決。轉眼間就解開謎團的華麗手法。

「……你是說，你打算自己證明自己的清白嗎？」

就像上次在日怠井警部眼前證明被當成嫌犯的青年無辜那樣，她打算這次要證明自己的清白嗎。

以名偵探的身分。

「沒錯。只要您願意告訴我細節。」

今日子小姐說道。斬釘截鐵地說道。

然後，忘卻偵探也沒忘了再加上這麼一句。

「那麼，接著就來討論一下委託費用吧。事成再付款也沒關係……」

3

為了證明自己是無罪的，居然敢要求公家機關、法治機關支付她調查費用。瞧她表情一派純真，說出來的話倒是石破天驚，果然是『有過與其交手經驗』的日怠井警部認識的那位今日子小姐。

她這個人難道沒有危機意識嗎？

不管怎麼說，是時候進入中場休息時間了。

想也知道，不可能答應她那種要求（商業行為？）——只是話雖如此，在不知道案件來龍去脈的情況下，審訊也已經到極限。為了搞清楚她主張的清白無辜究竟有多少可信度，日怠井警部也必須暫時離開第四偵訊室，先把案件檔案看過一遍才行。

知會被支開後就一直待在走廊上等待的監視警官，並吩咐對方將嫌犯移送至拘留所。

「單獨給她一個房間。對方是偵探，要是跟別人一個房間，可能會種下禍根。」

畢竟是很容易招人怨恨的職業——而且以忘卻偵探的體質而言，還會忘記招人怨恨的事。雖然在拘留所內應該不至於會從口角發展成命案，但凡事還是小心為上。

「要慎重一點喔。雖說每天的記憶都會重置，但那位偵探可是精通法律的人。要是不小心做出什麼不得體的事，難保不會被她反咬一口。」

囑咐過一番後，日怠井警部回到搜查一課所在的樓層，叫住被嫌犯稱為「可愛的刑警先生」（好啦，這個暱稱總比「冤罪製造機」好聽多了）的後輩，請他交出資料。

一般而言，就算對方是前輩，要把自己負責的案子、自己逮捕的嫌犯移交給其他刑警，說得再怎麼客氣，應該都不是件愉快的事，但後輩卻意外爽快地把寫到一半的文件交給日怠井警部。

毫不戀棧。

反而像是擺脫燙手山芋似地鬆了一口氣──這傢伙在第四偵訊室裡到底是遭受了多大的打擊啊，看來根本已經精疲力盡。一想到那可能是自己未來的寫照，就覺得提不起勁，但日怠井警部還是一面想像著未來的自己，回到自己的座位，翻開文件。

「嫌犯——掟上今日子。年齡——自稱二十五歲。
性別——女性。眼鏡——有。
職業——偵探。置手紙偵探事務所所長。
出生年月日——不明。出生地——不明。
經歷——不明。」

（經歷不明……？）

也太驚人。

每天記憶都會重置的忘卻偵探說她不記得自己的過去，這點當然無可厚非，但是公家機關秉公調查卻仍什麼都查不出來，未免也太不尋常了。

不是忘記，而是宛如被刪除過去存在過的一切般，一張白紙。

別說得獎或受罰的記錄了，就連駕照或護照等痕跡都沒有。

彷彿登入一個不存在的人物檔案……既然是自稱，年齡當然也不確定，這麼一來，就連「掟上今日子」這個名字是不是本名都很難說。

簡直就是要讓所有人都起疑的個人資料，眼下只有滿紙的問號。

她要不是個偵探，實在沒有比她更可疑的人了。反倒是怎麼會到今天都還沒被人抓去關，才是不可思議。光是這一堆「不明」，嚴格說來就已經是身處於違法狀態。

（……真傷腦筋）

這樣的她，到底是因為什麼樣的罪狀而被抓呢？日怠井警部頓時產生了興趣——然而，這股說是不謹慎也不為過的期待，有些狀況外地落空了。

不過換個角度來說，倒也不出預料。

日怠井警部一開始認為「與金錢有關」的猜測，雖不中亦不遠矣——但既不是逃稅，也不是詐欺——罪名是強盜殺人。

強盜殺人。

不折不扣的惡行重大。不開玩笑，真的是暴力犯無誤。

為了強取錢財，奪走一條人命——不僅如此，還被當成現行犯逮捕。看著寫到一半的資料，愈發覺得別說清白，根本是黑到底了。今日子小姐幾乎罪證確鑿。

想不出兇手另有其人的可能性。

證據也十分齊全，凶器上也滿是今日子小姐的指紋。

根本不需要拘留，甚至可以直接流水作業地現在就馬上將她移送法辦，加以起訴——兇手大概就是她沒錯，只是本人忘記了。明明是自己殺的人，還說要協助調查（但是要付她錢喔），已經超越厚臉皮的境界，幾乎可以說是滑稽，但是要這樣斷定，日怠井警部還是有些遲疑。

（…………）

還是有一抹不安。不，豈止是一抹，根本是一大坨不安。

名偵探若要犯罪，應該會使出渾身解數，達成完美犯罪才是——即使不能對今日子小姐這種荒唐的主張照單全收，但是從這份資料裡看到的凶惡犯罪，說是亂七八糟也不為過——總之實在是太**草率**了。

非但不是完美犯罪，反而是除了今日子小姐不做第二人想，沒有其他嫌犯的案件——**正因為如此**，才更不自然。

就算不是名偵探，就算是沒想太多而為錢犯下的罪行，為了不要穿幫，多少都會努力掩飾一下吧——基本上沒有兇手會煞費苦心地製造出只有自己會受到懷疑的情況。

（不過，如果是自我表現欲強烈的劇場型犯罪，可能就會這麼做……）

可是當罪名是強盜殺人時，怎麼想都沒有這方面的意圖。

若說因為太可疑了反而不可疑，就跟說「因為自己是偵探卻被抓反而是無辜的證明」一樣，都是強詞奪理——但在日怠井警部的腦中，還是閃過或許名偵探是遭人陷害的懸念。

會不會是被栽贓嫁禍了……身為冤罪製造機，實在無法不從這角度來思考。

或許是某個對偵探懷恨在心的人故意陷她於不義……這麼一來，忘卻偵探的弱點就表露無遺了，例如無法提出案發當時的不在場證明——因為不記得了。

（……看來要趁她在拘留所呼呼睡去前，再鉅細靡遺地問一次話才好。

不，照這樣子來看，在那之前……）

或許先請教一下「專家」的意見比較好。畢竟日怠井警部並不是「專家」，只是個「有過與今日子小姐交手經驗的人」……而且還是幾乎讓他的刑警生涯產生巨大轉變的苦澀經驗，所以自己面對她時，可能無法做出客觀的判斷。是啊，明知不應該，但無論如何還是會讓個人的情緒跑在前面。

為了別產生新的冤案，為了力求滴水不漏，還是請教一下過去的冤罪被害人吧——印象中，那個形跡可疑的青年應該是置手紙偵探事務所的常客。

嚴格說起來，他才是冤罪的專家，亦即貨真價實的——

忘卻偵探的專家。

（名字嘛，我想想……好像是叫隱館厄介來著……）

4

如此這般，我——隱館厄介，與這起案子扯上了關係。

第二話

隱館厄介的今日子講座

1

憑良心說，我並不想見到曾錯把我當成兇手逮捕的警察，一點也不想。完全興奮不起來，但心跳加速倒是有的，心悸還伴隨著呼吸困難。畢竟差點就被他們以莫須有的罪名移送法辦，光是這樣就足以令人膽怯。而且大多時候，比起得知抓錯人以前，確定抓錯人以後的他們更是對我有敵意……露骨地對我充滿敵意。

身處偵訊室，想想那也許只是一種審訊手法，但有時也會遇見願意為我著想的「人情派」刑警或保護我不被其他暴走的刑警嚇壞的「人權派」刑警，可是當冤罪體質的我，喊出「請讓我找偵探來！」這個神奇的句子，藉由名偵探快刀斬亂麻的推理確定我真的什麼都沒做之後，他們就會突然翻臉不認人——把我當「敵人」看待。

對我來說，這事固然莫名其妙到極點，但是仔細想想，也不是無法明白他們或她們的心情，所以倒也不是毫無頭緒。

正當性——或說當人揮舞著正義的大旗時，通常都會變得充滿攻擊性。不僅如此，當有人指出自己的錯處，或是威脅到現有立場的人出現時，攻擊性就會膨脹到極致——看在警方眼中，像我這種冤罪被害人，更是可能會讓國家公權力的威信掃地、比罪犯更必須憎恨的惡人也說不定。

多麼可怕又諷刺。

說是寓言也不為過，但又無法從中得到教訓。

儘管如此，我還是決定去見日怠井警部，理由不用說也知道，無非是因為今日子小姐被捕這個石破天驚的一手消息——當時我還是老樣子，為了下一份工作在勤寫履歷，但這通電話完全足以讓我的手停下來。

如同每次我被誤當成兇手逮捕時——抑或是還沒到被捕的地步，卻被視為罪犯看待時，都會喊出「請讓我找偵探來！」那樣，這次換今日子小姐向我求救了——我還沒有天真到會這麼想，也沒有自以為是到這個地步。

今日子小姐只有今天。

今日子小姐被捕的那一刻，應該已經不記得我這個委託人了。

「有些事想請教你這位忘卻偵探的專家。」

事情就是這樣。

哈。哈。哈。

如果是這樣，打電話給我著實是正確的選擇，因為大概沒有人比我更常委託今日子小姐。

話雖如此，現在也不是得意的時候。

忘卻偵探被捕。

當時雖然下意識地認為「這是不可能的事！絕對不可能是今日子小姐！她一定是無辜的！」可是冷靜下來之後，想想這件事可沒法這麼草率地下判斷——就算今日子小姐是我的恩人，但我這輩子親眼見證過太多以今日子小姐本人為首的名偵探們毫不留情地指著「絕對不可能是這個人」的人物，說他們就是真兇的現場。

反過來說，很多「意外的兇手」對我來說也一點都不意外——「偵探＝兇手」的方程式已經不只是古典，幾乎可以說是古代文明了。因此，為了相信今日子小姐是清白的，我也必須會一會日怠井警部，請他告訴我詳情才行——總而言之，我想知道來龍去脈。

日怠井警部。

我不是忘卻偵探，所以記得很清楚……我記得他有個不名譽的稱號，叫作「冤罪製造機」。

沒錯，我這輩子蒙受的不白之冤少說也有好幾百次（說得太誇張了，實際上只有一百多次），如果說其中有什麼值得驕傲的，莫過於是不管受到再怎麼死纏爛打的懷疑，也不曾承認過絕對莫須有的罪行這點吧——然而，唯獨在面對日怠井警部時，真的是千鈞一髮。

險些就要承認自己沒犯下的罪行。

很少有機會對上個頭比自己高大的日本人——不，單就身高而言，或許我還比較高一點，但是相較於瘦高型的我，日怠井警部就像穿上了肌肉裝，塊頭也很魁梧。

與其說是塊頭魁梧，根本是虎背熊腰。

完全是格鬥家的身型。

在他面前，比起坦白招供，更想確保自己的生命安全……為了不惹他生氣，雖然不到討他歡心的地步，也會說出一堆對方想聽的「事實」。

我記得很清楚……如果可以的話還真想忘記，但那些充滿屈辱的恐怖體驗，就算想忘也忘不了……不過，縱使是那樣的他，當時在我找來的名偵探今日子小姐面前，也被攻擊得體無完膚。

我猜他大概只是身材魁梧（還有長相很可怕），並不是那麼壞的人……好壞姑且不論，如前所述，我對他來說可是「抓錯人的活證人」，所以就像我不想再看到他一樣，他肯定更不想看到我吧，光是他不惜克服這點也想要見我，就能感到事情非同小可。

難不成，他懷疑我是共犯嗎。

雖不至於認真思考這個可能性，但我既不願意在日怠井警部執勤的警察署見面（踏進警署的瞬間可能就會被逮捕。那種掌管地區治安的設施是我的「敵營」），也不想請他來我住的地方（家裡可能會被翻箱倒櫃，找到不應該存在的危險物品也說不定），於是我跟他約在安全的第三地，某家連鎖的家庭式餐廳見面。

其實我很清楚，這種幾乎是被害妄想症的步步為營，常常反而會成為我被懷疑的原因。

2

隔了一陣子不見，再次見到日怠井警部，當然不是那種會彼此擊掌或擁抱的戲劇性重逢……帶著幾分尷尬與同等份量的生疏，冤罪製造機刑警與冤罪體質求職者，就這麼坐在同一張餐桌的兩邊。

我固然也有夠畏畏縮縮的，但是不怎麼熟悉的兩個壯漢隔著桌子對坐的姿態，已經足以為店內慵懶的氣氛激起陣陣漣漪。

剛好是晚飯時間，我們各自點了餐（我只不過點了主廚推薦的菜單，沒想到上來的居然是豬排蓋飯，這會不會讓對方以為我是在指桑罵槐啊——

順帶一提，日怠井警部點的是減醣菜單），然後終於進入正題。

只是，日怠井警部卻完全不告訴我今日子小姐被捕的案發經過，令我期待落空——若說我就是為了打聽今日子小姐消息而來也不為過，可是關於這關鍵部分，他說什麼也不肯透露。

「這是『偵辦上的機密』，而且也是被害人的隱私。」

被他這麼一說，覺得的確也沒錯。可是，單方面地提出他想知道的問題要我答，卻什麼也不肯透露，是否也有違人情義理。

這裡可不是偵訊室。

我可沒打算逆來順受地只回答問題。

既然如此，已經沒什麼好說的，我要回去了——當然，我也不是會感情用事地擺出如此強硬態度的人。

忘了是叫賽局理論還是行為經濟學的思考邏輯來著的，我記得在電視上看過以下的比喻。

假設A和B要平分一千美元的現金——該怎麼分配由A決定。不過，

B有權推翻A的決定。如果B不滿意A的分配，A和B兩人都一毛錢都拿不到——換句話說，A必須提出B能夠接受的分配方案才行。

那麼在這種情況下，A所能想出的最佳方案，究竟是A拿多少錢、B拿多少錢呢？

倘若A是像我這種膽小鬼，可能會深怕B翻臉不認人，於是不自覺地想要討對方歡心，提出四百美元歸我、六百美元歸對方；甚至是三百美元歸我、七百美元歸對方的分配方案——就算鼓起勇氣來擺出強硬的態度，頂多也只是一人一半，五百美元歸我、五百美元歸對方吧。

然而，這個問題的正確解答是A拿九百九十九美元對B拿一美元——說得再極端一點，就算只給B一毛錢也無所謂。

不管B翻臉的權利有多麼強大，可是一旦真的翻臉，自己就連一毛錢都拿不到了——既然如此，儘管只能拿到一點零頭，不要感情用事，單就利弊得失來思考的話，乖乖地接受A提出的分配案方為上策。

因此，A不需要妥協。

然而在現實之中，萬一真有這種已經不只是不公平——根本是不公正的交易，萬一A真的提出九百九十九美元歸自己，只給B一美元的分配案，B大概會翻臉吧。比起眼前的利益，肯定會先產生「被看扁」的憤怒與「要是這次接受了，就一輩子都擺脫不了如此權力關係」這種對未來的預測。絕不會那麼單純，為了區區一美元而踐踏自己的靈魂。

囚徒困境也是同樣道理，都是紙上談兵……然而對我來說，無數次拯救我擺脫困境的恩人，如今正陷入幾乎等同於囚犯的困境，當然不能短視近利地只先考慮到眼前的利益。兩個人分一塊蛋糕之際，讓A切好、讓B選擇才是正確答案——但現在提出這種正統派理論也僅是螳臂擋車，不堪一擊。

即使只能自己單方面地提供消息，也能從對話中獲得些許情報吧——只能將希望賭在這樣的可能性上了。不要強人所難地妄想自己是A，這裡就當個老實又可愛的B吧，他問什麼，我照著回答就是了。

「我明白了，日怠井警部。可是，至少可以告訴我今日子小姐被捕的罪名吧？不然就算我是今日子小姐的專家，也無法提出確切的看法。」

「嗯哼。」

日怠井警部陷入長考。

他可能是沒想到眼前這個傢伙意外地麻煩吧……該說是麻煩，還是厚臉皮呢，或者只是自以為專業的發言讓他不爽也說不定。

「好吧。不過，請你千萬不要說出去喔，隱館先生。光是……像這樣與你接觸的行為本身，就不是什麼值得稱許的事了。」

這倒也是。

我非常明白抓錯人的當事人與被害人共進晚餐的構圖會讓人產生什麼樣的聯想……這件事一旦曝光，可能會引起軒然大波。搞不好，真的不想在警察署或我家見面的，反而是日怠井警部本人。

然而，這種（夾雜著自保的）認知實在有些天真……實際上問題更為嚴重。現在可不是賣弄小聰明、當作玩遊戲的感覺來面對的時候。

「今日子小姐身上背著殺人的罪嫌。」

日怠井警部探出身子，在我耳邊小聲說……兩個壯漢鬼鬼祟祟地說著悄悄話，肯定會讓周圍的客人們都覺得很滑稽吧（不僅如此，在愉快的用餐時間讓人看見這麼詭異的行為，根本可以說是酷刑），然而，就算明知是酷刑，這件事也不是能大聲討論的話題。

殺人？殺人罪嫌？

不是逃稅，也不是盜用公款，不是賄賂，不是詐欺——而是殺人？

令人全身寒毛倒豎的罪名。

就連蒙受過無數次不白之冤，經歷豐富到就算自稱被冤枉專業戶也沒有人會抗議的我，都覺得被今日子小姐一口氣追趕過去了——不，今日子小姐不見得是冤枉的。

「聽、聽說她被逮捕，我還以為與金錢有關……」

「嗯，我原本也是這麼想的。」

出乎預料的意見一致。也對，任誰都會這麼想吧——我無法掩飾內心的混亂，拚命地轉動思緒。

今日子小姐殺了人——這怎麼可能？

不，有一個前提怎麼樣都要銘記在心，那就是偵探不見得就不會染指犯罪——一如刑警不見得都是好人。當然，也如同蒙受不白之冤的人不見得就都是正人君子。

雖然遺憾，毋寧說正因為是偵探才把人逼上絕路的例子，也絕非毫無前例可循。

反而多不勝數。

解謎時，兇手被偵探的推理揭穿罪行後主動選擇一死——如果是這樣，還有酌情處理的餘地，但是以正義為名，更積極地對兇手「處刑」的偵探也不勝枚舉。

只要是兇手就該死嗎？或者是，只要是壞人就該死嗎？

這個問題牽涉到死刑制度，是人類社會中極為敏感的課題，著實不是可以用推理小說那種充滿娛樂性的脈絡來探討的主題，如同當你凝視深淵，深淵也凝視著你，對於推理命案的偵探而言，好壞暫且不論，「殺人」一事確實是如影隨形的存在。

身為職業偵探的掟上今日子，幾乎沒有一丁點想要制裁兇手的傾向，但即使是我這個忘卻偵探的權威，也不了解她的一切——無法完全否定潛藏在她內心深處的正義感要是一旦失控，也有演變成命案的可能性。

「順便告訴你，是強盜殺人。」

「強、強盜殺人!?」

我忍不住在晚餐時刻的家庭式餐廳裡大聲嚷嚷。

由於實在喊得太大聲，只好趕緊馬後炮地補上一句：「呃，是……是只偷了哥德鈔啊？是魯邦三世裡，那個傳說中的偽鈔嗎？」企圖掩飾。

此時，日怠井警部也顯露出他身為資深刑警的老練，或說是充滿警部風範地配合我的即興演出：「嗯。聽說那個比真鈔還值錢哪。」我們可能會被其他客人當成是兩個喜歡看經典卡通的壯漢吧——也罷，總比被認為是冤罪製造機與冤罪體質二人組要好得多。

實際上，如果是偽鈔案，硬要說來還比較像是今日子小姐會做的事，但怎麼會是強盜殺人呢……是有多第一次犯罪就上手。然而要說是上手嗎，這下手也太重。

如此一來，已經不是事務所所長的貪贓枉法，也不是名偵探的知法犯法之類的問題了——就只是單純的重大惡行。

「強盜殺人，最少也會被判無期徒刑吧……」

「……隱館先生對刑法真有研究呢。」

糟了。對我產生不該有的懷疑了。這樣可不行。這絕不是好現象。

我只是為了避免蒙受不白之冤，盡我所能地熟讀六法全書罷了……

「至少強盜殺人……也算是與金錢有關的犯罪啦……」

日怠井警部喃喃自語地說。

話這麼說是沒錯，但這個罪名感覺與今日子小姐安安靜靜的形象八竿子也打不著——不過，她並非一般人印象中的淑女，倒也是不爭的事實。

如同每張紙都有正反兩面，每個人也都有正反兩面。

我在過去蒙受不白之冤的生活中深刻地體會到這一點，所以不管怎麼找，都找不到唯有今日子小姐會是例外的理由——比起「潛藏在內心深處的正義感」，這樣反而更像個人類。

只是在另一方面，也有令人難以釋懷之處。

請容我再強調一次，如果是強盜殺人，的確是不折不扣的重大惡行。當然，也應該早就經由媒體大肆報導了。雖然光從日怠井警部截至目前說話的態度來觀察，很難推測出案發日期，但顯然是這幾天，搞不好是今天才發生的事——可是，我至今尚未掌握到如此重大刑案引起報紙或電視節目、網路上熱烈討論的事實，

像我這種不曉得什麼時候、會在什麼地方、以什麼方法、從什麼光怪陸離的角度蒙上不白之冤的人，為了不時之需，自然每天都會盯著犯罪報導看（這點跟六法全書是同樣的道理——但要是老實說，可能又會引起日怠井警部的猜忌），至少在我的印象中，還沒在報紙上看到「名偵探因強盜殺人罪嫌被逮捕！」這種腥羶色的頭條。

難不成是限制報導？說到底，這種犯罪報導除非是由警方主動公布，一般是很難透過媒體報導見光的……

「還不至於到限制報導的地步，是基於我個人的判斷，暫時先把新聞壓下來……因為還牽涉到隱館先生的事情。」

日怠井警部說得很隱晦，簡而言之，大概是想避免過去參與轄區內案件偵辦的名偵探成了重大刑案的兇手被捕一事被寫成顛倒黑白的新聞。

嗯。

嚴格看來，這也可以說是為了自保的掩蓋事實，但是站在保護警方組織的角度上，倒也是理所當然的想法——萬一報導不知收斂，演變成最糟的情況，屆時可不只是在日怠井警部的轄區內就能收拾的問題。

畢竟今日子小姐可是在全國各地的警察署協助辦案……若把整個組織當成一個個體來看，警察機關才是置手紙偵探事務所的大客戶，足以與隱館厄介匹敵。

明裡暗裡都協助過警方的名偵探，真面目其實是兇惡的殺人犯，這是絕對不容許發生的醜聞……過去由她出手幫忙解決的案子（當然也包括隱館厄介的案件）全都必須重啟調查才行。

要慎重再慎重。

換個角度看，這件事遠比警官的醜聞還要嚴重。

雖然日怠井警部說是「我個人的判斷」，但是就連毫無推理能力的我，也能輕易想像得到——這是整個課，乃至於整個署的共識。

這個人背負的東西太多了。

與其說是責任感爆棚，或許只是不太會做人吧——這時，我第一次對這位誤把我當成兇手逮捕的警部產生了好感。

話雖如此，日怠井警部其實是杞人憂天了。倘若他是基於這個理由來請教我「方針與對策」，那真的是想太多了……為什麼？因為今日子小姐是忘卻偵探。

曾在檯面下讓偵探協助辦案一事要是曝光的確很不妙，可是，想必到哪裡都不會找到任何她協助辦案的記錄。

證據不充足。

但也正因為如此，雖說是私底下，一介民間偵探才能接到來自警方的委託……不管是調查功夫再怎麼了得的媒體，再怎麼鍥而不捨地挖掘，也無法證明這一點。

沒什麼好擔心的，只要兩手一攤堅持不知情就行了。

……只是，我也不能太偏袒警方那邊，偏袒到刻意把這件事告訴日怠井警部，讓他卸下肩膀上的重擔。

或許會有人罵我未善盡公民的義務，但「沒問題的，請放心辦理手續，將今日子小姐移送法辦吧」這種話，無論如何都不能從我口中說出來。

對大老遠跑來向我這種人請教的日怠井警部很不好意思，然而就算今日子小姐真的是重大刑案的兇手，我也要站在她那邊。

至少在搞清楚事情的來龍去脈以前。

就我這個專家對今日子小姐的了解，雖然還沒有透徹到能宣稱她絕對是無辜，但她是我無可替代的恩人這點，卻是百分之百可斷言的事實。

再說回來，根本不需要我強調，遲早一定會有人注意到吧（找遍日本，也不會沒有懂得今日子小姐到有我一半左右的警官吧），希望在那之前，能繼續維持住限制報導的狀態。

這時，我突然想到一件事——就算這是偵辦上的機密，就算採取限制報導的手段，也無論如何都得請他告訴我——不如說這才是一早就該問的事，卻因「強盜殺人」這四個字的衝擊太強烈，害我一下子沒反應過來。

「那個，認罪答辯……喔，不，我想請問今日子小姐承認了強盜殺人的罪嫌嗎？偵訊進行到什麼程度了？」

外行人亂用法律術語只會讓自己變得更可疑，所以我懸崖勒馬，改為平鋪直述地詢問日怠井警部。

日怠井警部稍微遲疑了半晌，似乎是在思考能否回答這個問題（同時我也做好被告知「警方不便公開此事」的心理準備），然後這麼告訴我。

「她斬釘截鐵地否認了。態度雖然很平靜，但也很堅決。」

大概是經過一來一往的對話，日怠井警部有點願意與我坦誠相待了——感覺也可能是剛剛一起假裝談魯邦三世時培養出了些默契。

「由於是現行犯，沒有狡辯的餘地。但是根據她本人的說法『萬一我這個名偵探真想犯罪的話，應該會達成完美犯罪，光是存在被捕的這一刻，就足以證明我的清白了』——她是這麼說的。」

「是噢……」

果然是今日子小姐會說的話——非常之厚臉皮，而且膽大包天。

我原本還擔心她會不會像自己平常在偵訊室裡那樣被審問到精疲力盡，看樣子完全不用擔心——精疲力盡的反而是日怠井警部吧。

雖然警部死也不肯透露詳情，但是從這句話可以猜出，今日子小姐已經失去案發當時的記憶。「現行犯」這三個字大概也是日怠井警部沒打算透露的情報。謝天謝地，包含這條線索在內，可以推測今日子小姐大概一醒來就被逮捕了……嗯。

「我最想請教隱館先生的問題莫過於此。在這種情況下，『因為是偵探，被捕的那一刻就足以證明其無辜』的說詞，究竟有多少可信度？」

這個問題弔詭到被他這麼認真一問，會不小心笑出來，但這跟「偵探是正義的伙伴，所以不可能是兇手」這種樣板化的說詞又有點不太一樣。

「……嗯……」

就算逮捕了忘卻偵探一事見諸報端，她與警方私底下的接觸也不會浮上檯面——基於無法給出這個適當建議的心虛，我陷入沉思……這裡可不能不負責任地信口開河。

不管是身為今日子小姐的專家，還是身為一個人都不能。

「這麼說可能算不上回答……從常識的角度來說，我並不覺得因為是名偵探就一定能達成完美犯罪。我的見解是就算有『法律無法制裁的罪惡』，也不可能有所謂的完美犯罪。」

「…………」

「當然，或許也有真能達成完美犯罪的名偵探，但今日子小姐是最快的偵探，而非無所不能的偵探，辦不到的事就是辦不到，只是……」

我絞盡腦汁，最後還是只能邊說邊思考。

「強盜殺人這種犯罪不像今日子小姐會做的事，這點是無庸置疑的。」

「……你是說，不像名偵探會做的事嗎？」

「不是，問題並不在於是否為名偵探，而是縱使牽扯到金錢，也不像是今日子小姐的風格……我也不知道該怎麼說才好。」

說穿了，這與「絕對不可能是今日子小姐」也沒什麼太大的差別。

我的意思是，無論是以金錢為目的，無論是衝動地——或是殘暴地動手殺人，如果真的是今日子小姐幹的，也應該會是別的罪名……

然而，這種難以言傳，只能意會的答案，似乎正是日怠井警部想要的答案，只見他念著「說的也是」，深深地點了個頭。

「細節請恕我無法透露，但這是一樁非常粗糙的犯罪，的確讓人覺得不像是走在流行尖端的今日子小姐會做的事……這是剛才，當我與隱館先生交換意見時才發現，雖然實在無法正式採信『因為是名偵探，所以被捕肯定是誤會』這種歪理，然而老實說心裡怎麼想是另一回事。我認為，隱館先生的感覺很有參考價值。」

「好、好說好說。」

我說的才是絕不能正式採信的印象論——更何況，如果問我「給屍體穿上漂亮的晚禮服、把案發現場布置得充滿時尚感」是否就是今日子小姐會做的事，我也不會同意。

因為不合常理——就連本人的否認，也要看作是「只是忘了自己犯下的罪行」才比較合乎邏輯。

「那麼，請容我再請教一個問題。」

聽到這句話，習慣被審訊的我，險些不由自主地想要交代自己的不在場證明。想當然耳，他問的不是這件事。

「忘卻偵探以前有過被設計陷害的經驗嗎？沒錯——像是真兇把罪嫌嫁禍給她，或是把莫須有的罪名推到她身上。」

嗯哼。這時或許該輪到冤罪評論家的隱館厄介，而不是忘卻偵探專家的隱館厄介出馬了。

類似這樣的事當然不是沒有發生在今日子小姐身上過，畢竟她的職業很容易招人怨恨，也有些罪犯會異想天開地想搶在名偵探充分發揮其無人能出其右的推理能力之前先嫁禍給她，以為這樣就能讓她閉嘴。

……只不過，就我所知，截至目前還不曾有過發展到被捕的例子。今日子小姐總能四兩撥千金地避開對方設下的陷阱或羅織給她的罪名。

要說詭異，應該是這點很詭異。

倘若今日子小姐是被誰陷害而遭逮捕，「明明是名偵探，怎麼可能掉進那種陷阱裡」的道理就會成立了——這是不該成立的。於是反向思考，則能推論出兩種可能性……一是今日子小姐並非落入敵人的陷阱，她就是如假包換的兇手，所以才會被捕。

在合理推論下，只有這個可能性。但還有另一個牽強附會、不無可能的可能性——這並不是身為今日子小姐專家的見解，而是身為今日子小姐擁護者的推理。

「明知是陷阱，還主動往裡跳——的可能性。」

「主動往陷阱裡跳……？」

日怠井警部一臉詫異。

「我認為為了破案，故意讓警方逮捕才最像是今日子小姐會做的事。

非常瀟灑，充滿流行感，走在時尚的尖端。」

我接著說下去。

「倒也不是什麼不入虎穴，焉得虎子——而是為了獲得與命案有關的情報，今日子小姐不逃也不躲，刻意被警察當成現行犯逮捕也說不定。日怠井警部，今日子小姐在審訊的過程中，是否說過想協助辦案之類的話？」

「……………」

看樣子——應該是說過了。

如果再讓我以忘卻偵探的專家身分來發表意見，我猜今日子小姐肯定也貪得無厭地提出了委託費用的要求吧。

3

日怠井警部與隱館青年分開後，便立刻返回了警察署。

第三話

掟上今日子的拘留所

1

日怠井警部踩著氣憤難平的腳步，走向千曲川署地下室的拘留所。

與過去遭到自己誤認而逮捕的嫌犯——隱館厄介見面談過後，得到很多收穫。想到過去發生的事，對彼此無疑都不是愉快的重逢，但勉強自己去見他還是很有價值——至少對自己而言是如此。

（雖然那個形跡可疑的駝背青年還是畏畏縮縮的老樣子……唯有提到忘卻偵探時，莫名地神采飛揚哪）

那才是他最令人起疑之處。

聽說他現在沒有工作時，就連冤罪製造機也難免良心不安，但聽說找工作原本好像就是他日常生活的一環，與日怠井警部抓錯人無關——在那之後他似乎又蒙受了無數次的不白之冤，換了無數次工作。

話雖如此，之前的誤認就算不是原因，也是遠因，所以日怠井警部小心不讓對方覺得自己多管閒事，悄悄地把飯錢付掉……由於不能報公帳，這筆只能自掏腰包，但是就得到的情報分量來看——再加上如果能做為對於隱館青年的一點點補償，這個代價未免也太便宜了。

然而，這位「忘卻偵探的專家」暗示的可能性固然有益，但也太令人不快……站在日怠井警部的立場，甚至可說是「不能原諒」的可能性。

（為了參與調查，故意被捕？為了獲得已經忘掉的案件內情，故意被銬上手銬？）

倘若真有其事，簡直是在耍人。

不馬上去罵她兩句，實在難消心頭之恨……自從他遠離偵訊室，就過著有些自暴自棄、吊兒郎當的刑警生活，但這次真的是被惹毛了。

不，感覺根本是火上澆油。

總之是怒髮衝冠、氣到爆炸……簡直就像刑事案件的偵辦工作被當面吐了一口口水。

當然，忘卻偵探本人大概沒這個意思——她只不過是為了得知已經忘記的案情梗概，或是為了消除警方對她的懷疑，毅然決然地採取了最有效率且合理的手段。

然而，這個行為無疑是把刑警當猴耍——等於是跟上次一樣，讓日怠井警部從選角到寫進演員表時都被當成是個跑龍套的配角。

是可忍，孰不可忍。

只要能夠破案，誰來破都無所謂——基本上，日怠井警部同意這種即便是由老百姓破案也無妨的想法，也不會排斥功勞被搶走——畢竟他早就退出那種競爭了。

（既然如此，那個偵探為何令我如此心浮氣躁呢——煩死了）

日怠井警部實在無法成為隱館青年那種遇到忘卻偵探就腦袋放空的信徒——雖然日怠井警部也認為要是能像他那樣，應該是會輕鬆得多。

（不過——他大概是與我的立場互為表裡的定位吧）

他肯定也有他的矛盾掙扎。

正如同一張紙有正反兩面，才會在只有一線之隔之處無可救藥地難以理解對方——話雖如此，但日怠井警部並不僅僅是因為氣昏頭，要去把忘卻偵探痛罵一頓，才前往地下室的拘留所。

與隱館青年的對話中（在他的「今日子講座」上）有個令自己很感興趣的環節——雖然那也是信徒才有的一種感覺——不，或許該稱之為假設。

儘管日怠井警部慎重地保留情報，可是當他告訴對方「忘卻偵探在左手臂留下了備忘錄，目前她對自己掌握到的個人檔案就只有這些」等審訊的情況時——

「嗯，她大概是騙你的。」

即便隱館青年態度依舊保守，仍斬釘截鐵地如此斷定。

「個人檔案姑且不論，我猜她還掌握其他情報……呃，該說是線索嗎，還是提示呢。總之她是個隨時都會準備好王牌的人……會主動露出左手臂的備忘錄，就表示一定還有其他王牌。」

「你是說，她身上可能還寫著其他備忘錄？」

日怠井警部當然也考慮過這個可能性。

「或許該說是有過吧。」

然而，隱館青年卻愁眉深鎖地抱著胳膊回道。

「一旦被捕，被關進拘留所時，必然要換衣服吧。若擔心皮膚會被警方看到，可能已經將筆記全部擦掉，只剩下左手臂的備忘錄而已……既然有『絕對擦不掉的簽字筆』，當然也有『一擦就掉的簽字筆』呀。」

亦即就算有記錄，如今也只存在於今日子小姐的腦子裡——專家果斷地說道。

（既然如此，非得問出來才行……在今天以內）

無法等到明天。

當然也是因為急著破案，但一想到到了明天，忘卻偵探就會把這些全忘掉的話——委託嫌犯協助辦案固然萬萬不可，但唯有那個價值千金的情報，無論如何都得逼她說出來——無論如何。

（不過，那被擦掉的記錄說不定正是證明她有罪的「證據」，所以不容易讓她招供吧……）

另外，隱館青年也說過這樣的話。

「站在日怠井警部的立場上，這想必是恕難從命的建議……但我還是建議你做好花一點小錢，及早接受今日子小姐協助的心理準備……如此一來，不‧管‧如‧何，應該都能在七十二小時的拘留期限內釐清真相。」

因為你現在拘留的是最快的偵探，當然也是最快的嫌犯——他這麼說。

就算沒有氣到失去理智，日怠井警部也不會同意這種事——與其如此，寧可把拘留期限延長再延長，延長到極限的二十三天，把五百五十二個小時全都花在她身上。

（不——行不通。對方可是一睡著記憶就會重置的忘卻偵探，就算能對其連夜審問，她頂多也只能撐上七十二個小時）

要是連審訊內容都重置就沒救了——真是太莫名其妙。這麼一來，時間限制根本是定時炸彈的等級。

既然如此，就連一秒都不能浪費。日怠井警部抱著這樣的想法，三步併成兩步地跑到她的獨居房——這次為了避免與其他嫌犯產生不必要的糾紛，把今日子小姐關在這個房間，但這裡本來是用來隔離可能會對同房室友造成危害的危險人物用牢房。

也因此，戒備相對森嚴，即便是日怠井警部，光要靠近也必須依規定辦理手續。所以隱館青年最後嘀咕著補上一句的忠告，可以說是白擔心了。

「萬一爭取不到協助偵辦的委託，今日子小姐為了查明真相，可能就連逃獄也在所不惜吧——請務必留意，千萬不要讓她做出那樣的選擇。」

把逃出拘留所比喻為逃獄固然不甚正確，但隱館青年似乎真的很擔心這個可能性成真。

真是太荒謬了。

就算是名偵探，也無法輕易逃出這個銅牆鐵壁的密室吧——如果她辦得到的話，那她根本不是名偵探，而是魔術師吧。

總之，辦好手續——對於心急如焚的人來說，未免太過繁瑣的手續後，在看守人員的帶路下，日怠井警部走在通往拘留今日子小姐的獨居房走廊上——走廊盡頭四周圍著鐵欄杆，而她就待在那個殺風景的空間裡。

「……什麼？」

她的裝扮，令日怠井警部瞠目結舌。

2

今日子小姐的確照規定換了衣服……但，在她身上的並不是提供給被拘留者的那套土里土氣的連身囚衣，而是充滿流行感的自然皺裙，搭配超大寬鬆的夏季毛衣。雖然算是簡單大方，依舊稱不上是適合出現在鐵籠子裡的穿著……今日子小姐就以這樣的打扮坐在獨居房的地板上，正在看書。

看書？那本書，還有那身衣服，到底是誰給她的？

日怠井警部惡狠狠地瞪著帶他過來的看守人員。

「書、書是我準備的。」

他都還沒問呢，對方就先不打自招了……該說是冤罪製造機發揮了本領嗎（沒想到會讓同事招供），對方大概也對此覺得有違職守吧。

「呃，那個，在我依照程序向她說明拘留所規定的時候，也不曉得是為什麼，就演變成非得準備書給她看的情況了……因為她說自己是名偵探，本想聊個幾句，請她稍微跟我談談推理小說而已，不知不覺之間，我就去附近的書店買了這本書回來……」

搞什麼鬼。什麼不知不覺之間。敢情是中了催眠術嗎。

問題似乎比想像中還嚴重……當他把怒目而視的對象從被任意使喚的看守員轉向被關在鐵門另一側的偵探時，她正看書看到一段落，將書籤夾進書裡，把書闔上。

「須永老師的文章果然具有洗滌心靈的效果呢！」

今日子小姐臉不紅、氣不喘地輕聲呢喃後，彷彿這才發現他的存在，轉過頭來，刻意堆起一臉笑意（很刻意）。

「哎呀，日怠井警部。」

說什麼洗滌心靈，根本是對年輕的看守人員洗腦了也說不定，這樣的偵探令日怠井警部提高警覺——他明明是怒氣沖沖地闖進拘留所，但那股激情正急速地冷卻。

「要開始審訊了嗎？還是要委託我？」

她說話的感覺，就像這個四周都是鐵欄杆的房間其實是置手紙偵探事務所的別墅一般，甚至有幾分挑釁的味道——不妙。

日怠井警部感到一抹不安，再這樣下去，連他也會在「不知不覺之間」委託今日子小姐——為了別開視線，日怠井警部再次望向看守員。

「那套衣服也是你準備的嗎？」

他問看守員。

「就我看來，不像是男人會買的衣服。」

「啊，那是換衣服的時候，負責搜身的女警準備的……」

「我想也是。不過，給她書看也就算了，那身衣服完全違反規定吧。不知道是誰幹的好事，但那傢伙一定要受罰。」

「不、不是，該說是無計可施之下的緊急處理嗎……局裡保管的女性用連身囚衣全都……不知道是誰把咖啡打翻了，全都變得濕答答的……只能提供代替的衣服。」

變得濕答答的？全部？

怎麼回事？

日怠井警部一片混亂的腦子只能想到一個劇本……也就是今日子小姐身為傳說中「沒有人看過她穿同一件衣服」的時髦偵探，在這個千曲川署裡有股勢力，不讓她穿上土里土氣的連身囚衣，而且不只是一、兩個人。

（跟隱館厄介一樣的信徒……）

忘卻偵探的粉絲。

不確定為她準備衣服的女警是不是其中之一，不過算了，這表示無論是否曾經與她一起辦過案，但警署內認識忘卻偵探的人，絕非只有日怠井警部一人……而其中，對她懷有扭曲自卑感的日怠井警部反而是少數派吧。

至少主管似乎認為刑事部裡只有日怠井警部與她有過交集——然而事實是否如此也很難說……喔，不行不行，不能這樣疑神疑鬼。就算警署裡有人站在忘卻偵探那一邊，頂多也僅限於只是給點方便，讓她被拘留的生活能過得更舒適的「信徒」而已……雖然也覺得隱館青年口中的「逃獄」開始有點真實性了，但依舊無法想像會有這麼缺乏職業操守的警官。

倒不如說今日子小姐是想藉由這麼肆無忌憚地看書、打扮得漂漂亮亮的行為來給日怠井警部製造壓力的判斷比較正確吧。擺明著要自己快點委託她……怎麼可能如她的意。

反而讓他燃起鬥志了。

或說火氣再度沸騰起來。

「……搜身之際，那位女警可曾注意到什麼？」

「什麼？沒有，沒聽她說過……除了左手寫著類似自我介紹還是ＩＤ的文字以外……」

嗯。

果然就算有其他紀錄，也已經擦掉了嗎……不，隱館青年的猜測最多也只是猜測，反過來說，考慮到負責人可能是今日子小姐的信徒，就連搜身的結果也不見得能採信。

即便沒有放水，可能也是睜一隻眼、閉一隻眼，因此——只能直接面對嫌犯本人進攻了。

「了解。你可以回去工作了。」

「啊，嗯，可是……」

看守員似乎還不死心地想說些什麼，可是卻在日怠井警部動了真格的一瞪之下，急忙把鐵門的鑰匙卡交給他，小聲地告知密碼之後，就一溜煙——逃命似地離開了……看見此情此景，今日子小姐竟還悠悠地說。

「不可以欺負年輕人喔！」

「……你還真擅長掌握人心啊。」

日怠井警部語帶譏嘲，邊說邊靠近鐵門。

「哪兒的話。日怠井警部才是我真正的目標，但您似乎很討厭我。」

今日子小姐一臉若無其事地聳聳肩。

「我看你的性格也不是會害怕別人討厭自己吧……」

「呵呵呵。這點您不也和我一樣嗎？像您這種人，最難對付了。」

「…………」

「難對付」嗎？

彼此彼此吧。

因為在鐵窗裡，白髮偵探的厚顏無恥看起來比平常更得寸進尺了……

然而，就連這種態度，或許也是她的策略。

「但我也最喜歡了。」

看來也永遠無法達成共識。

要是被她唬住還得了。

「玩笑就開到這邊吧。」

「我可不是在開玩笑。」

不理會始終在裝糊塗的今日子小姐，日怠井警部朝鐵籠子走近到不能再近，停下腳步。

自己職場的地下居然有這種戒備森嚴的牢房，雖然也不是今天才知道，但是像這樣又在近距離看到，還是忍不住頭皮發麻——倒也不是不能夠理解隱館青年會用「監獄」這樣的字眼來形容的心情。

不過，隱館青年當時應該沒被關進獨居房裡——多虧有最快的偵探助他一臂之力。

「看來你過得還挺怡然自得，這真是太好了。」

日怠井警部邊說邊隔著鐵欄杆端詳今日子小姐的服裝——雖說是絕非被拘留的人該有的打扮，但是沒繫上皮帶或腰帶，也沒穿戴任何首飾……算是遵守了最基本的規定。

反過來看，也可說是巧妙地鑽過了法律的漏洞——固然掌握了人心，也沒打算給那些「年輕人」帶來太大的麻煩，充分體現忘卻偵探的顧慮。

「沒錯。托您的福，非常舒適。甚至想一直待在這裡呢，大概待上個二十三天左右。」

「……………」

若無其事地說著這種暗藏玄機的話……而且剛才在氣急敗壞的情況下還真考慮過這個可能性，所以無法好好反擊。

話說回來，她也真的太怡然自得了。

服裝或讀書就已經夠誇張了，不僅如此，這個獨居房簡直就像普通的單人房——說得再誇張一點，就像在自己房間裡般一派輕鬆。白天在第四偵訊室裡，她也一副宛如待在自己家似的……這個人的神經究竟是怎麼長的。

如果是現代人，光是因為拘留時會被沒收智慧型手機這點，就能使其坐立不安、靜不下心來了……

（唉。不過，因為她是忘卻偵探，別說是智慧型手機，就連傳統手機也沒有吧……）

雖然有這方面的知識，卻不會隨身攜帶這些記錄媒體，因此不會感受到有如「大腦的一部分」被沒收的不安。然而話說回來，對於記憶每天都會重置的忘卻偵探而言，大腦被沒收或許早就是稀鬆平常的事。

「不只二十三天，你該不會根本有過在牢裡蹲好幾年的經驗吧？只是忘記了。否則不可能這麼如魚得水。」

「或許喔，有這個可能。」

「……無論如何，請不要一直賴著不走。這裡可不是飯店。如果你要待的話，我比較建議你去監獄待。」

「感謝您的建議，但我年幼的女兒還在家裡等我回去。」

她似乎打算裝糊塗到底。既然她想來這招，警方也有警方的辦法。

「日怠井警部，如果方便的話，要不要共進晚餐呢？剛才那個年輕人答應我，會去百貨公司地下街幫我買知名的便當回來。」

那傢伙都答應了些什麼啊！還以為是把他趕走的，沒想到那個看守員居然還有這種特殊任務在身。

日怠井警部對她的邀請充耳不聞，就地蹲下來說話。

「我去見了對你很了解的人，跟他談過話了。」

沒錯，晚餐已經和那個人一起吃過了。

「……是嗎？」

笑容還掛在臉上，但眼神變了。

果不其然，對忘卻偵探而言，「了解自己的人」似乎都是要提防的對象——所以她才會對日怠井警部說出那些抬舉的話吧。針對這種程度的暗示，不禁露出本能的反應。

她大概很懂得要如何將自己的「來路不明」發揮到淋漓盡致——毫不留情地將記憶每天都會重置做為優勢運用到淋漓盡致。也因此，才會對可能對這個立場造成威脅的人物那麼敏感——果然不能把眼前這個被關在鐵窗裡的人當成「喪失案發當時的記憶，搞不清楚狀況就遭到拘留的可憐弱女子」。

「真有意思。還有比日怠井警部對我更熟悉的人嗎？」

「有的。」

點頭歸點頭，但實際上，日怠井警部一開始就祭出來的這張王牌似乎只是個空包彈。

隱館青年的確是忘卻偵探的「專家」，比起日怠井警部更了解她也是事實，但實在稱不上「熟悉」的地步。

那個男人對關鍵之處一無所知。

畢竟被誤認逮捕過的他，不可能對於曾經錯把自己當兇手逮捕的冤罪製造機敞開心房，所以佯裝不知的情報應該也在所多有，但至少就專業刑警的觀察，實在不覺得他對忘卻偵探的真實身分——之類的——知之甚詳。

面對早就習慣手上的牌經常是白紙的忘卻偵探，祭出隱館青年的存在可能只是回敬她的虛張聲勢。然而，打出這張牌無疑是有效的。

事實上，她那遊刃有餘的氛圍稍微出現一點裂縫——或者，該說是她的態度總算嚴肅起來了。

好不容易。

「要是此人能提出足以為我洗清嫌疑的證詞就好了。他有說『今日子小姐不可能犯罪』嗎？」

「沒有。」

「哎呀呀，這樣啊。真遺憾。」

今日子小姐說到這裡，沉默下來，好似在等日怠井警部接下來有什麼反應，他才不會上她的當——什麼時候要亮出隱館青年說了些什麼的底牌，由他決定。

（隱館青年提到今日子小姐比警方以為的更想知道發生什麼事，所以

才故意被捕，如此猜測看樣子雖不中亦不遠矣——但即便如此，也不能讓她掌握主導權）

有懷疑時應做出有利於被告之認定——話雖如此，也沒道理將搜查或推理的主導權交給可能是兇手的人物。

絕不能把空白的委託書交給經歷一片空白的她。別說委託，根本不應該讓她協助調查——倘若她有祕密要隱藏，那麼也只要把需要的情報交出來給警方就行了。

這也是審訊的原點。

「老實告訴你好了，今日子小姐。我不打算借助你的能力。」

「哦。」

「我會解決這個案子。在那之前，你請自便吧。不過我想，應該不會花上二十三天的。」

日怠井警部心想，萬一如同隱館青年所說，今日子小姐真的藏有什麼大絕招的話，只要在這個時間點這麼說，她或許就會自亂陣腳地亮出底牌——

她肯定以為警部只不過是用來襯托名偵探的配角，以為當刑警說出「由我來解決」只是出洋相的前兆——因此，假如她真的認為自己是無辜的，現在可不是小氣巴拉獨占情報的時候。

萬一備忘錄上真的寫著個人檔案以外的事，要拿出來就最好趁現在——

「472193」

「——什麼？」

「472193」

「……？今日子小姐，這組數字就是你的大絕招……嗎？」

如果是這樣，感覺自己是猝不及防地被那個大絕招擊中了哪……儘管已做好心理準備，但還是太過唐突。472193？這是什麼數字？好像在哪裡聽過……由他接手的案件資料檔案裡，出現過這樣的數字嗎……

至此，日怠井警部反射性地猛然站起。

（哪、哪有什麼聽沒聽過的——！）

「今日子小姐！你怎麼知道——那不是這個鐵籠子的密碼嗎！」

「我猜對了嗎？」

賓果──今日子小姐拍手叫好。

看她開心得彷彿猜中別人手上的撲克牌面般，但事情可不是這層次──因為她現在等於是當場宣布，有辦法打開關住自己的鐵籠子。

是那個送書給她看，還出去幫她買便當的年輕人告訴她的嗎？如果是的話，才不該稱那傢伙是年輕人，根本是死小孩──又或者是負責搜身的女警不小心說溜嘴呢？

如果是那樣，這已經不是對被拘留者的體貼──而是足以與冤罪製造機這污名匹敵，實實在在的警官瀆職。

「沒有人告訴我喔。是我自己猜的。」

「用猜的……」

常聽人說刑警的第六感，卻很少聽到偵探的第六感這說法。可是既然她都這麼說了，也不能用「第六感是刑警的特權」來反駁她。

然而，這可是六位數的密碼啊？

不用說明也知道，這絕不是隨便猜就能矇到的數字——即使數學不是他的強項，也能計算出猜中的機率。

十乘十乘十乘十乘十乘十——也就是十的六次方，相當於百萬分之一。不可能猜得中。

「不不不，不是百萬分之一，而是一千加一千，總共有兩千種可能。」

「……？」

兩千種可能？這是怎麼計算出來的？一千加一千？

頂著一頭霧水，但是回頭看到安裝在鐵門上用來輸入密碼的面板時，日怠井警部隨即意會過來。

原來如此。

雖說是六位數的密碼，但是沒有人會刻意把那組數字分解成六個數字個別記住……無須贅述，肯定是依序背誦起來。因此今日子小姐在與年輕人聊天時，或接受搜身檢查時，又或者是兩次機會都沒放過……將「六位數的密碼」拆成「兩組三位數的密碼」來破解。

先猜中前面的三位數「472」，再猜中後面的三位數「193」——這麼一來，的確是一千加一千，總共有兩千種可能。

既然如此，只要從與年輕人的對話中猜中前面的三位數，再從與女警的交談中猜中後面的三位數就行了——是嗎？

不，可是，那也只是讓百萬分之一成了五百分之一，兩千種可能還是兩千種可能。

撇除百萬分之一這種天文數字般的衝擊性，倘若一開始聽到的是五百分之一，也會覺得那不是能隨便矇到的數字。

（同樣的道理，不是拆開來就好了——假設從前面依序一碼一碼猜下來——就不是用乘法而是用加法了。十加十加十加十加十加十，等於有六十種可能性——）

嗯。這雖然也是瘋狂的數字，可是聽起來總算比較有真實感了……倒也不是完全辦不到的特技。

因為至少有兩個消息來源——不，包括與日怠井警部隔著鐵窗的對話，至少有三個。

「看起來或許在這裡過得很放鬆很自由，可是別看我這樣，我其實也是有在動腦的喔。」

今日子小姐說。

雖然一度變了臉色，但她如今已徹底找回原來的節奏。

也是有在動腦——並不是在猜數字吧。

忘卻偵探是強調自己給日怠井警部做面子。如同顧慮到那些「年輕人」那樣，也顧慮到日怠井警部的顏面。

我若想離開，隨時都可以「逃出」這種鐵籠子，只是不想給你們添麻煩，才安分守己地待在這裡的喔——

這誠然也像是一種威脅，然而，日怠井警部卻是覺得被她說中自己的心底。

自己對忘卻偵探那種扭曲的自卑感完全被看穿，令他無言以對。

太丟臉了。

一想到截至目前的交手中，她一直靜靜地觀察日怠井警部不想成為喪家犬、不想成為襯托她配角的努力，就覺得沒臉見人。來這裡的路上還因為怒火中燒而感到發熱，如今卻因為羞愧而覺得全身發燙——沒想到名偵探竟會給刑警做面子。

（……這樣簡直是我在唱獨角戲……不，是名偵探的一台大戲）

另一方面，今日子小姐猜中的數字也的確只是不出特技範圍的推理。因為光輸入密碼並無法打開關住她的鐵門——還得再加上看守人員臨走前，交給日怠井警部的鑰匙卡才行。

理所當然的保全措施。

……然而，這個事實也只是證明了這般不出特技範圍的推理——仍舊僅是不出「威脅」範圍的推理，在在充分展現偵探的顧慮。

「…………」

怒氣再度湧上心頭。

不，或許還處於感到羞愧的狀態。

這麼一來，已經沒什麼好說的了——偵探與刑警戲劇化的勾心鬥角到此為止。現在就把這個白髮的嫌犯拖到偵訊室（管他是到第四偵訊室還是哪裡都好），不擇手段也要把她記得的事全部問出來——絕不惜投入自己所擁有的一切偵訊技巧。下定決心後，日怠井警部將鑰匙卡插入卡片鎖中。

然後輸入密碼。472193。

「——咦？」

正因為意氣昂揚，揮棒落空的感覺更是筆墨難以形容——電子鎖對日怠井警部的開鎖動作毫無反應。正因為表現出對決的架勢，挫折感更加明顯——難道是動作太快，按錯密碼了嗎？

「如您所知，就算是名偵探，也無法逃出這個鐵籠子哪——但是，如果只是占領的話，倒是不太困難。畢竟我對塔羅牌也是有些涉獵的——哎呀，那應該是占卜？總之像這種先進的監獄，反而很適合占領呢！」

今日子小姐說道。接著便以慢條斯理的動作在地上爬行，朝著安置在獨居房角落的睡鋪移動。

「晚餐就免了。請幫我轉告那個年輕人，由他自己享用吧——因為工作泡湯的職業偵探，決定絕食抗議。」

「什麼……」

「晚安，日怠井警部。」

今日子小姐說完，便在睡鋪上躺下，拉起棉被蓋上……由於被單是白色的，看起來就像是消失在保護色裡的忍者。

絕食抗議？開什麼玩笑。

看樣子，是她對鎖頭的部分動了什麼手腳，讓獨居房完全鎖起來了——有道理，要打開固然很難，但如果是讓門打不開的手段，要多少有多少。

簡而言之，只要把鎖破壞掉就行了。

愈精密、堅固的鎖，肯定愈容易破壞——但這只不過是無謂的抵抗。

實在不像是由灰色腦細胞做出的決定。

如果鎖失去了功能——要是鎖已經被蠻力破壞的話，再用蠻力把鎖撬開就好了。即使她在強盜殺人這條罪狀上是無辜的，現在這樣也必須追究她的破壞公物罪——這樣做何止是為日怠井警部保全顏面，根本是連著長期拘留她的藉口都送上——是想怎樣？

是名偵探露出馬腳？還是再怎麼表現出遊刃有餘的態度，待在拘留所的生活依舊對她的思考帶來了不良的影響？

正當日怠井警部為她擔心時，突然「啊！」地一聲恍然大悟。

晚安？

她是要睡覺了？……

別開玩笑，比起與淑女減肥無異的絕食抗議，這件事要來得嚴重多了。

萬一如隱館青年推測，今日子小姐對強盜殺人案握有什麼底牌的話——萬一那份備忘錄已經被她從肌膚上擦掉了——

不言自明的是，當她進入夢鄉的那一瞬間，那絲細微的「記憶」就會永遠地消失！

「今日子小姐！不行，請不要睡著！快醒醒！請趕快起來！」

彷彿今日子小姐就要在雪山遇難般，日怠井警部一把抓住鐵門，扯著嗓門大聲叫喚。

忘‧卻‧偵‧探‧居‧然‧拿‧記‧憶‧當‧人‧質。

這麼一來，情勢整個逆轉了。

情急之下，日怠井警部連忙想要用卡打開鐵門，但這已經是方才失敗過的嘗試……可是就算他馬上找人來，用工具硬把門撬開，那時今日子小姐也已經睡著了。

即便只有一秒鐘，只要被她睡著，一切就會重置。所有今天發生的事，都會變成一張白紙。

不只是與日怠井警部的你來我往，就連被當成現行犯逮捕的前因後果，都會消失得一乾二淨。

（完蛋了——向她透露請教過「專家」的事，結果適得其反了）

既然隱瞞的事被看穿了，乾脆把被看穿的事實當成武器來展開交涉——萬一日怠井警部翻臉不認人地說「不管了，真相是什麼都無所謂」，她打算怎麼辦？

這個案子就會以有罪收場喔？

依他的個性是不會這麼做的——難道她除了看穿日怠井警部再也不願意扮演襯托偵探的角色之外，也看到了他失去幹勁的刑警魂嗎。

如果是這樣，已經不只是掌握人心這麼簡單了。

不是去誆騙，而是將其玩弄於股掌之間。

「等我明天醒來，再麻煩您從頭細數我的罪狀嘍……晚安晚安……」

「……！」

她到底是輕視自己，還是高估自己呢？到底是在保全自己的顏面，還是給自己難看呢？自己受到侮辱了嗎？根本搞不清楚什麼是什麼——日怠井警部投降了。

他認輸了——不。

或許該說是自白了。

「我明白了！我委託你！我委託忘卻偵探就是了！請你推理出事實，想辦法查明害你被逮捕的強盜殺人案真相，今日子小姐！」

「君子一言，駟馬難追喔？」

彷彿要把他說的話全部當成呈堂證供般，今日子小姐滿臉笑意地坐起身來……並非武裝，而是勝利者的微笑。

然後迅速地把摘下來的眼鏡重新戴回去。

「我接受委託。雖然能力有限，但我會盡可能全力以赴——盡可能用最快的速度破案。那麼事不宜遲，請鉅細靡遺地告訴我本案的來龍去脈。還有，嗯，這件事容後再辦也沒關係，能安排我與日怠井警部今天見過的——那個號稱是我的專家還是什麼的人見個面嗎？」

「呃……你是指隱館先生嗎？」

面對今日子小姐迅雷不及掩耳的快動作，日怠井警部不禁有些茫然，不小心透露了專家的名字——聽到這個名字。

「呵呵呵。那個人叫隱館先生啊。」

我是第一次聽到這個名字呢——不可思議的是，今日子小姐卻帶著些許懷念地這麼喃喃自語著。

3

如此這般，就在當天深夜，我終於在（可以的話不想再度靠近的）千曲川警察署裡，隔著壓克力玻璃見到今日子小姐了。雖然早已過了探視時間，但是呢，該怎麼說——誰叫今日子小姐只有今天哪。

第四話

隱館厄介的調查報導

1

與日怠井警部在家庭式餐廳（並沒有被誤認為兇手而得以順利）一別，到他再度傳喚我的這段空白時間，我可不只是在呼吸而已。我也動腦了、思考了、行動了——畢竟對我有大恩的今日子小姐居然變成可憐的階下囚，我怎麼可能悠哉地在一旁休息呢。

有什麼事是我可以做的？

為了破案，第一個想到的是「找偵探幫忙吧」——眾所周知，我手機的通訊錄裡儲存著幾乎所有目前活躍於第一線的偵探電話。

無論再怎麼前無古人、後無來者的冤罪降臨在形跡可疑的我身上，都能馬上見招拆招地與最適合的偵探取得聯繫——忘卻偵探今日子小姐也是其中之一，但是在其他五花八門的專業領域，擁有各種不同專業能力的偵探，也都在我的網羅之中——即使手邊沒有手機，牢記在心的偵探事務所電話號碼少說也有破百組。

準備齊全。

因此，如同為被告請來不敗的律師，為今日子小姐找來不敗的偵探是我能力所及的最佳解——沒錯，我一開始是這麼想的，但我隨即發現這是個天大的誤會，連忙主動駁回這個方案。

絕不能因為偵探被捲入案件裡，就求助於其他的偵探——因為在那一瞬間，今日子小姐就會失去身為名偵探的資格。

這是尊嚴的問題。

不只是尊嚴的問題，更是品牌的問題。

會讓置手紙偵探事務所的品牌受到無法挽回的傷害。

無辜也好，有罪也罷，一旦演變成偵探受偵探幫助的局面，今日子小姐今後將再也無法從事偵探活動（但若問我如果今日子小姐最後被判有罪，還認為她今後也能繼續以偵探的身分活躍於第一線嗎，這倒是大有可能）。

從這個角度來看，今日子小姐必須靠自己的力量離開拘留所才行……說得再極端一點，或許就連借助律師的力量，身為偵探也很難接受。

更重要的是，就算想求助於其他偵探，我對今日子小姐目前捲入——或者是引發——的案件梗概幾乎一無所知。

向日怠井警部打聽到少之又少（價值一美元）的情報中，只有罪名好像是與金錢有關的「強盜殺人」這點。慎重起見，我又把這幾天的報紙和新聞重新看了一遍，依舊遍尋不得千曲川署轄區內發生過類似案件的報導。

限制報導。

雖說不可能一直把報導壓下來，但我也因此幫不上今日子小姐的忙，真是太諷刺了——從常識的角度來想，事情發展至此，我已經束手無策了。

已經沒有我可以做的事了。

不，從常識的角度來說，這一刻我已經做得太多——我只是置手紙偵探事務所的常客，亦即區區一介委託人，今日子小姐再怎麼有恩於我，是我的大恩人，但我們不是朋友，也不是家人或親戚，更不是情侶。

儘管如此，我卻無論如何都想助她一臂之力，到處奔走又到處碰壁，只能說是被鬼附身了——更何況，今日子小姐根本不記得身為委託人的我。

每次見面都是「初次見面」。

不管我做什麼，都跟不做什麼是一樣的結果……這次還是老老實實地退場，接下來就交給日怠井警部吧。

這時要是能做出這麼明智的抉擇，也能視為我的冤罪體質終於有好轉的徵兆——只可惜，我的愚昧已經無可救藥，不可能好轉。

到底是怎樣。我到底是怎麼了。

正在找工作，除此之外無事可做的現狀，此時也是反效果吧……在我的生活中，沒有足以阻止我偷偷摸摸、鬼鬼祟祟的要素。

小人閒居為不善，遑論壯漢。

言歸正傳，我手機的通訊錄裡並非只儲存了偵探的電話號碼。

由於輾轉在各行各業轉換跑道（也可以說，由於我曾經蒙受過那麼多的不白之冤），認識的人也不在少數……我以完全說不上是效法最快偵探的龜速，在猶豫了大半天之後，緩慢地操作手機，選中一個電話號碼。

電話響了幾聲。

然後那位新銳的記者——圍井都市子小姐接起了我打去的電話。

2

若說還有什麼重逢會比再次見到曾誤把自己當兇手逮捕的警部更令人裹足不前的，毫無疑問，肯定是與以前拒絕過對方求婚的女性再會。約在與日怠井警部共進晚餐的同一家餐廳見面，然而光是要隔著桌子與對方大眼瞪小眼，就足以捏爆我的小心臟。

說老實話，這種場面太痛苦了。

為了對我有恩的今日子小姐，我受點痛苦算什麼——就連要沉浸在這種自我陶醉的氛圍裡，遇上這種場面都很難。因為答應與我見面的圍井小姐肯定比我更痛苦——這種場面對她而言，甚至可以說是屈辱吧。

圍井小姐將與今日子小姐形成對照的黑髮一絲不苟地綁起來，明明已經三更半夜了，卻還穿著一身筆挺的套裝出現。

這身打扮貌似正意在言外（而且是提高音量）地強調，她只是以身為一名記者的身分來見我。

並不是要來敘舊的氣氛。

當服務生把咖啡擺在沉默無語的我面前——把香草茶放在一言不發的圍井小姐面前之後，我立即單刀直入地切入正題。

「那個，關於今日子小姐的事……呃，如同我在電話裡說的……」

「嗯。她確實被捕了。」

圍井小姐堅持把氣氛搞得很緊繃地說道。

「不過，警方限制報導這個說法並不正確。正確地說，只是警方尚未正式宣布。」

感覺起來像是同一件事，但在調查報導記者的眼中，兩者的意義大概截然不同吧。

只是，她那種夾槍帶棍的語氣，當然也有針對我的不滿，但這也表現出圍井小姐對忘卻偵探被捕的反應。圍井小姐是今日子小姐的粉絲，即便和工作無關，也會去聽忘卻偵探演講——她打從心底崇拜今日子小姐不被過去束縛的生活態度。

說是敬愛也不為過。

因此，對於不被過去束縛的今日子小姐目前被囚禁在拘留所裡這件事，實在無法保持冷靜——以一個粉絲來說。

然而，身為一個記者，又不能不採訪提供情報的人（我）……如同我有我的內心戲，圍井小姐也有圍井小姐的內心戲。

只能選擇其一。不能全選。

而且勢必要選擇其一才行。

再怎麼憧憬，再怎麼尊敬，我們都不是忘卻偵探，沒有「什麼都不選」這個選項。

……正因為她是今日子小姐的狂熱信徒，圍井小姐才願意掩起內心的疙瘩，義無反顧地來見我這個她連臉都不想再看到的人吧。最重要的是，即便明知她的態度是誇大的演技——光是她還活著，我就已經喜出望外了，但這件事當然不能告訴她。

就連想都不該想。

關於這件事，我連在內心想的自由都沒有。

「畢竟是今日子小姐哪，置手紙偵探事務所嚴格遵守保密義務——可以說是超祕密主義的行事作風，在這個案子上也不例外。真是的，置手紙偵探事務所根本已經是一種神祕組織了。我的夢想是總有一天要把忘卻偵探的事蹟整理成書出版，從以前就使出渾身解數調查今日子小姐身邊的人事物……但從沒見過像她那麼滴水不漏地把經歷清除乾淨的人。」

我也提出過當面採訪的邀約喔，可是被她斷然拒絕了——圍井小姐說。

真了不起。

不過，偷偷地將今日子小姐的活躍事蹟整理成文章這點我也不遑多讓，因此這次向她求助的行為，對我而言說不定是為他人作嫁衣裳——算了，想那麼遠也無濟於事。

從今日子小姐如此力行祕密主義來看，現階段而言我們彼此想出書的可能性都很渺茫。

「因此，我試著換個角度，不直接找上忘卻偵探本人，而是從案件的採訪出發。可是像我這種一沒背景、二沒資歷的年輕記者找上門，警察也不會把我當回事，所以就像隱館先生採取的作法，我也先從鉅細靡遺地解讀現有的報導內容開始。」

嗯。

解讀的深度肯定跟我這個外行人天差地遠，所以圍井小姐會認為其中或許能得到類似提示的情報才是吧——只不過，我想她是撲了個空。

警方尚未公布的案件，還是很難查到蛛絲馬跡的——在這個現代社會，祕密主義可不是今日子小姐的專利。

「那也就是說，圍井小姐目前也不確定今日子小姐是被當成什麼案件的嫌犯嗎？」

「倒也不是，請不要這麼急著下結論，我只是想謹慎依序說明而已——畢竟是強盜殺人的罪嫌，至少被害人是確實存在的……雖然我還不清楚此人是在什麼樣的情況下、遭到什麼樣的手法殺害，但是既然出了人命，就必須辦理規定的手續，要是私底下處理掉，那才真的是不折不扣的犯罪。」

說的也是。

換句話說，圍井小姐在找上警方、研究過報導之後，緊接著又找上了醫院及葬儀社——這兩者也是嘴巴比蚌殼還緊的消息來源，所以很難抱著姑且一試的心情前往，能做到這麼徹底，果然要靠更不屈不撓的調查報導精神。只看完一遍現有的報導內容就撤退的我，果然還是太嫩了。

「現階段尚不能請求外援，還成不了獨家報導，只能獨力收集情報——在這樣進行調查的過程中，我終於追查到一起八九不離十的案件。」

這時，圍井小姐看了周圍一眼，說道。

「請你千萬不要告訴別人喔，隱館先生。」

雖然她沒有湊進我的耳邊，但總覺得這狀況似曾相識。

「經我四處打聽的結果，終於打聽到與某家大型銀行有關的人物昨天去世的消息。從年齡來推測，似乎不是自然死亡。」

不是自然死亡。那就是非自然死亡。

會讓醫院產生通報警方的義務——不，等一下喔，日怠井警部說今日子小姐是當場被捕。

還不能對這件事情草率下判斷，至少不應該以猜測的方式來分析手邊得到的情報。

「與某家大型銀行有關的人——是指銀行員嗎？」

牽扯到金錢的強盜殺人。

本來就是令人毛骨悚然的重大刑案，感覺又增添了幾分銅臭味——心情也愈發沉重。

「不是銀行員。所謂相關人士，並非職員的意思，好像是某大型銀行的創辦人家族成員之一——」

圍井小姐打聽到的情報也不見得百分之百正確，所以交代細節時雖然不是故意模稜兩可，但似乎也慎重地挑選著詞彙，無法講太明白。

這點也很有記者的作風。

「雖然不是大型銀行，但我也曾經在信用金庫工作過——但聽來這兩者似乎是兩碼子事。」

那是與圍井小姐相遇前不久的事。對我來說，想起自己的在職經歷，與想起當時的心靈創傷是同一件事。

「沒錯。那位人士並非在分行上班——說得極端一點，他沒有工作。就這個角度來說，與現在的隱館先生一樣。」

也太嗆。

即使同樣是無業遊民，住在木造公寓裡的無業遊民，與大型銀行創辦人家族的無業遊民完全是不同的意思吧。

「可以想做是在顯赫的家族裡，都會有的一個不務正業的人嗎？」

「與其說是不務正業，不如說是專注於興趣的人……姓名暫時還不能透露，但一直稱其為『那個人』也不太好，來為他取一個化名吧。」

「啊，好啊。交給你決定。」

「那麼，就稱他為龜井先生。」

「…………」

倒也不是無法區別她是開玩笑還是認真的，這個人或許是個太過認真，反而讓人會覺得很有趣的人。

「龜井加平（KAHEI）先生。」

加平先生？這名字是怎麼來的？

看樣子「那個人」是位男士……

「啊，我懂了。因為是與銀行有關的人，才叫他『KAHEI（貨幣）』嗎？」

加平發音即貨幣（KAHEI），非常直接。

然而，出乎我的意料，圍井小姐立刻出言否定。

「不對，我不是這個意思。」

「咦？不是嗎？」

「不是。『加平』的由來誠如你所說，是取自於意味著錢的『貨幣』，但我之所以給他取這個名字，是因為龜井加平先生是硬幣收藏家。」

「硬幣收藏家？」

「沒錯。他是硬幣收藏家。以收藏古往今來、世界各地、琳琅滿目的硬幣為興趣的人——要說不務正業也的確是不務正業，但是在這個業界，似乎是名氣響叮噹的人物喔。想也知道，是打著家族的名號在蒐集。」

化名的龜井先生打著家族的名號在蒐集硬幣啊……雖然還不到混亂的地步，但下了個化名後，似乎比乾脆不透露名字來得更複雜了。

算了。

媒體人終究對於報出真名實姓有其堅持。

「一言以蔽之，龜井加平先生是花錢買錢回來蒐集的怪人。」

這個一言以蔽之的一言還真是辛辣。

雖說這句話倒也沒錯——只是凡事認真的圍井小姐大概對這種「遊戲」或「興趣」或「玩樂」難以理解而遑論產生共鳴吧。不過，身為重視中立公正、不偏袒任何一邊的記者，這依舊有些偏頗了。

「而說到他的收藏，著實也不能小看，更不能當他是傻了。畢竟在這世界上有價值好幾百萬、好幾千萬，視情況可能是上億的硬幣。」

圍井小姐補上一句。

「像、像是五〇年代的鋸齒狀的十圓硬幣嗎？嗯，我聽說昭和六十四年的硬幣也很有價值（註：昭和六十四年是日本昭和年號的最後一年，僅僅七天就因天皇駕崩而進入平成時代）……」

我也不是很懂，所以就算要跟上這個話題，頂多也只有這種程度，圍井小姐說著「沒錯，類似那樣。」並點點頭……這個人雖然認真到不知變通，但絕對不是壞人。

「我繼續往下說嘍。在那位龜井加平先生的家裡，有個琳琅滿目地陳列著他蒐集回來的硬幣，足以媲美博物館的展示室……看資料，命案似乎就是在那個房間裡發生的。」

「命案。」

總覺得這種「與金錢有關」的關連方式實在是超脫常軌……又是大型銀行，又是硬幣收藏家的，整個案子的性質都非比尋常。

說不定得收回之前對日怠井警部說過的話——這才真是與守財奴今日子

相映成趣的案子。

「還沒查到龜井加平先生與今日子小姐之間的關係，但基於忘卻偵探的記憶每天都會重置——與任何人都無法維持關係的特性，應該不是朋友或情侶間的關係。」

那還用說。

情侶關係這個字眼瞬間在心湖激起了漣漪，但那是絕對不可能的事……倘若龜井加平先生是銀行員，還有可能是置手紙偵探事務所的主要往來銀行，而既然他沒有在工作，那個可能性就消失了。

「話說回來，龜井加平先生的年紀像是今日子小姐的朋友或情人嗎？」

似乎不是會自然死亡的年紀……這大概是圍井小姐刻意按下不表的部分，要是太用力戳，可能會讓她誤以為我對「情侶關係」有著莫名的執著，但又忍不住想問清楚。

「比今日子小姐或你我大個一輪半左右吧。」

圍井小姐果然還是採取含糊不清的說法。

只是一輪半的年齡差距，就算發展成那種關係也不奇怪……

「對了，因為遊手好閒，所以還是單身。」

並不是所有遊手好閒的人都是單身吧……

「不過，畢竟是住在那種深宅大院，還有個氣派展示室的大豪宅裡，聽說是與幫傭及管家婆婆同住。」

幫傭也就算了，居然還有管家婆婆。

果然是個貨真價實的有錢人。

不過，在有錢人加硬幣收藏家的雙重意義下，這麼一來可不能再笑笑地帶過了。

「話雖如此，忘卻偵探雖然生性愛錢，但並不等於喜歡有錢人，所以很難想像今日子小姐接近龜井加平先生是基於那種理由。想得單純一點，今日子小姐與社會產生連結的型態多半是偵探與委託人——對吧。」

偵探與委託人。

又或者是偵探與兇手……嗎？

一時衝動，又或是煞不住車，殺了兇手的偵探——但無論如何，都和強盜殺人不同，需要其他案件當觸媒。

假使今日子小姐前往龜井加平先生家是偵探活動的一環，那麼，案情將陷入伸手不見五指的迷霧中。因為比醫院、比警方更牢不可破的保密義務——忘卻偵探的保密義務將會擋在前方。

假使有更重大的案件藏在強盜殺人的背後……

「我所認知的忘卻偵探，實在不像是會侵入民宅搶劫的人……如果是因為偷東西被發現，情急之下轉為搶劫還有可能。」

「……呃，說老實話，圍井小姐，你認為今日子小姐會犯下強盜殺人這種罪嗎？」

這個問題有點冒失，但我還是終究忍不住問了圍井小姐這個問題。總之，不管是侵入民宅搶劫，還是從偷竊變搶劫，都是天理難容的重大惡行，這點是不會改變的。

「這種犯罪不像今日子小姐會做的事」的薄弱論述，雖然被日怠井警部聽進去，但社會大眾能不能廣為接受這種說法就很難說了——我想知道站在記者的角度，對這一點有什麼客觀的看法。

「……身為今日子小姐的粉絲，我真的不想相信。但是若從我身為記者淺薄的經驗來說，世上沒有無論在什麼樣的情況下都不會殺人的正人君子。不如說正因為是正人君子，才會殺人。」

「…………」

「倘若今日子小姐不是兇手，就得找出真兇——倘若今日子小姐就是兇手，則要找出犯罪動機，我認為這才是我的任務。」

無論如何，都不能把焦點從真相上移開——她還是老樣子，抱著壯烈的覺悟在工作。

不，她的覺悟似乎比以前更壯烈了。

動機嗎……

雖是與報導精神無緣的我不願意去想的可能性——萬一今日子小姐就是兇手，先撇開強盜殺人這個罪名不談，最有可能的動機，還是要從「金錢」

去思考吧……至少不太可能是什麼正人君子的理由。

「也可以……單純地認為強盜殺人這種充滿暴力的犯罪，不像是身為女性的今日子小姐做得出來的……吧……？」

相較於圍井小姐的覺悟，我對今日子小姐的見解真的全憑感覺，然而這點應該也是一般人會有的感想吧。當然，即使是女性，只要有刀或武器，不用太強的臂力也能殺人。

「……對了。被你這麼一說，我想起來了。隱館先生，還有一個現階段已經知道的事實——關於用來犯案的凶器。」

「凶器。」

「聽說是利刃——可是。」

利刃。日怠井警部沒告訴我這麼細的情報。

嗯，所以呢。

實在無法順利想像今日子小姐手持利刃的模樣……可是，「可是」是什麼意思？

「是……『可是』那把刀子也是放在展示室裡，龜井加平先生的收藏品之一，聽說是一種古代貨幣……也就是所謂刀劍型的貨幣。換句話說，先不管動機是不是金錢，凶器毫無疑問就是錢呢。」

「…………」

今日子小姐才不會用那種凶器。

但，這實在也難說。

3

稍後，隱館青年接到日怠井警部打來的電話，隻身前往了千曲川署。

第五話

掟上今日子的電椅

1

被　害　人——十木本未末

高等遊民、收藏家

嫌　　　犯——掟上今日子

置手紙偵探事務所所長、忘卻偵探

第一發現者——管原壽美

傭人、同居人

接獲報案，不讓嫌犯逃走的警官——賴瀨（巡查）

趕赴現場，當場逮捕嫌犯的警官——中杉（警部補）

承接本案，負責偵訊嫌犯的警官——日怠井（警部）

2

……今日子小姐在鐵窗裡邊點頭邊閱讀寫到一半的報告——由這種宛如「登場人物一覽表」記述開始的案件調查檔案——也是使她自己遭到逮捕的案件調查檔案。然而她的態度卻十分輕鬆，一如她早先在閱讀看守員買給她的須永昼兵衛寫的推理小說那時般。

（是在看以自己為主角的推理小說那種感覺嗎……真是不知天高地厚）

有一個人被殺了，而且殺人兇手說不定就是自己——然而這個偵探別說是害怕，就連眉頭也不皺一下嗎？刑警同樣也是靠案件或犯罪吃飯，倒不至於說她不會看場合，但說得極端一點，在從事一項搞不好得告發「自己就是兇手」的偵探行為時，她那悠然自得的輕鬆態度，的確讓人覺得不恰當。

（因為是忘卻偵探才有的做法嗎……不，之所以不受感情束縛，只是因為以速度為優先嗎？又或者是，她有信心自己絕不是兇手……）

那信心是來自隱館青年所暗示，今日子小姐也不惜用「那我要睡嘍！」

這種可愛的方式威脅，目前存在於她腦海中，而在「調查檔案」裡卻欠缺的那一塊拼圖嗎？

如果是那樣，站在日怠井警部的立場，不管使出什麼手段，都比剛才更迫切地得問出那個祕密才行——必須請今日子小姐交出那份備忘錄，不，是交出那段禁書才對。

他已經沒有後路可退了。

因為他已經讓拘留的嫌犯本人看了調查檔案——這可不是給她推理小說或替換的衣服、便當可比擬（結果基於「餓著肚子就不能推理了」的理由，今日子小姐津津有味地吃光了年輕的看守人員從百貨公司地下街買回來的六千圓便當——日怠井警部則趁那段時間去拿調查檔案、打電話聯絡今日子小姐希望會面的隱館青年）。

百分之百的瀆職行為。

如果只是被巧妙地套出並猜中了鐵窗的密碼，還能一口咬定「是對方不好」、「遇上這種嫌犯有什麼辦法」，然而身為公務人員，「雙手奉上」

調查檔案則是不可原諒的惡行，說是瀆職也不為過。

（今天早上以前，我做夢也沒想過會發生這樣的事……人一旦墮落，真的是轉眼之間就會以最快的速度墜落到谷底嗎）

或者該說是被推落谷底。

明明在偵訊室或拘留所「推嫌犯一把」才是刑警的拿手好戲——

「死因是刺傷導致心因性休克……好了，我看完了。」

無視始終對自己的判斷缺乏自信的日怠井警部內心戲，今日子小姐似乎已經把調查檔案從頭到尾看完一遍。

「謝謝。」

居然還向他道謝。

非常有禮貌——雖然她的作為早已進入邪惡的領域。

（倒也不是貌似恭維、內心輕蔑……不過，看她一派悠閒，閱讀速度倒是挺快的）

這就是所謂的速讀嗎？畢竟是最快的偵探，會速讀也沒什麼好驚訝的

——只不過這麼一來，日怠井警部也已經完全義無反顧地亮出所有的底牌。雖說尚未吐露內心所想，但接下來也只能等對方出招。

「如何？推理自己可能就是兇手的案子是什麼心情？」

「由於是很難得的經驗，看著看著不禁心跳加速。就我記憶所及，這還是第一次呢。」

忘卻偵探聳聳肩，將他的諷刺輕輕帶過。

不過，日怠井警部也不是因為壞心眼才這麼問——他是真的很想知道今日子小姐現在究竟是以什麼心情待在鐵窗裡，一如他想知道案情的真相。

（前因後果先擱到一邊，既然警方終究還是要請她協助調查，其實很想換個地方再談……）

遺憾的是，今日子小姐把電子鎖破壞得相當徹底，鐵門還打不開——要把鎖弄壞單純想來大概不是一件難事，問題是怎麼弄才能破壞得這麼徹底，機械白癡才會這樣搞吧。因此，剛從百貨公司地下街回來的年輕人，目前正在署內找尋著工具，用來破壞已經被破壞的鎖頭。

年輕人真有幹勁。敢情是想贖罪嗎。

「被關起來推理的偵探，也可以稱為安樂椅偵探吧。啊哈哈。想到我的嫌疑，說是電椅偵探或許還比較貼切。」

這個玩笑不好笑。

實際上，當罪名為強盜殺人時，一旦確定有罪，至少也是無期徒刑，最重——最重的確可以判到死刑。

「……沒有電椅這種東西喔。你可能已經忘記了，這裡是日本。」

「日本的死刑制度採用的是絞刑吧？現在還是一樣嗎？若我記得沒錯——『還』沒錯的話，執行死刑的按鈕有好幾個，就像核彈的發射裝置一樣，由好幾個執行人同時按下按鈕。目前還是這樣嗎？」

「目前——還是這樣。」

日怠井警部雖點頭，但不太有信心。或許因為那是他不想面對的現實。自己逮捕的人——就算是殺人魔——以死刑為名被處死的現實。

光是這樣就已經很矛盾了——再想到被害人家屬的心情，著實無法成為反對死刑制度的人權派，但也不是能沒有一絲迷惘地贊成極刑的人權派——更何況自己還是冤罪製造機，萬一逮捕的凶惡罪犯是冤枉的怎麼辦？

如同隔著鐵窗，站在自己面前的嫌犯正如此主張。

一思及此，原本不擅言詞的他自然變得侃侃而談起來——這也是今日子小姐的誘導吧。

「當然，跟核彈發射裝置不一樣，絞刑裝置不需要同時按下才能執行，只是藉由這個方式，讓人無法確定誰才是真正執行死刑的人。」

「這是非常合理的安排。」

今日子小姐說。

當然是非常合理的安排。

然而，那只是這邊——站在體制這邊的「合理」，站在被處死的受刑人那邊，只能說是更加難以接受的制度。

因為他或者是她，將在無從得知「自己是被誰殺死」的情況下死去——無論是幫被害人申冤的偵探或執法機關，都不會出現在死刑囚面前。

「真相就此葬送在黑暗裡，走進五里霧中。這時要怨……應該會直接去怨恨站在第一線負責偵訊的刑警吧？要是真的變成厲鬼，應該也只能去找那個人了……因為人只會怨容易怨的對象。」

「…………」

這次換今日子小姐出言諷刺？不，她只是樂於對應這種問答罷了。

「言歸正傳，回到正題吧，日怠井警部——警部大人，非常感謝您提供偵辦資料給我，感激不盡。看起來我能幫上日怠井警部的忙了，我高興得都快要發起抖來。您的大恩大德，這輩子沒齒難忘。」

不理會最後的輕佻口吻，這齣戲依舊演得太浮誇，不過，她要是幫不上忙就糟了。日怠井警部可是冒著準備好辭呈，從容就義的風險。雖說是被脅迫的——

（……不）

冷靜下來想想，就算沒受到脅迫，最後還是會屈服也說不定。因為比起把無辜的人送上絞刑台，瀆職還沒那麼惡性重大。

不管怎樣，既然已經把調查檔案全部給她看了，自然無法再指望眼前的「嫌犯」會主動「透露祕密」……雖說原本就不該這樣指望忘卻偵探，但即便是日怠井警部這般資深的刑警坐鎮，接下來的一切仍會是未知的領域。

「光看這份文件。」

偵探說得直接。

「無庸置疑，兇手就是我。」

3

「這……這是招供嗎？今日子小姐。可以解讀成您俯首認罪嗎？」

日怠井警部不由自主地用比平常更恭謹的語氣確認。

「不是，我不是這個意思。這只是奠基在『光看這份文件』的結論。」

今日子小姐搖頭。

「說出招人誤會的話，真不好意思，我絕不是故意的。」

騙人。她是故意的。

雖然覺得很不爽，但如釋重負的感覺卻也勝過一切……要是在這裡得出「我就是兇手」的結論，怎麼看日怠井警部都完蛋了。光靠他一個人的辭呈可能還無法收拾這個殘局吧……不誇張，事情已經演變到關乎整個千曲川署存亡的規模了。

「哎呀哎呀，說的好像是我的錯似的，可是日怠井警部，這個案子的規模本來就很大不是嗎？這位遇害的十木本先生，可是日本數一數二的有錢人吧？」

以這個地區來說，應該可說是國寶級的VIP（大人物）——今日子小姐如是說。

她說的沒錯。

到底該不該用「寶」這個字來形容資產家的放蕩兒子或遊手好閒的公子哥兒可能會引起爭議，但是從那個家族繳給這個地區的稅金來說，十木本未末確實是VIP沒錯。

看樣子他似乎是非常有名的人——只是因為平時經手的案件類型不同，

沒人告訴在組織內不太做橫向發展，對八卦也興趣缺缺的日怠井警部而已。姑且不論這個「有名」的意思是好還是不好，至少他的知名度比忘卻偵探還要高出許多——這種大人物遇害的案件，就算嫌犯不是以前協助過警方辦案的人，也會貼上「需慎重處理」的標籤吧。

「正確地說，他是日本數一數二的有錢人『的親戚』——雖說還不到斷絕關係的地步，但幾乎不相往來。就連要去報告這件事、向對方問話，也被秘書室擋下——截至目前，似乎還沒約到對方的時間。」

「『改天再約』是嗎？也對，畢竟是大型銀行的創辦人家族，想必很忙吧。真是太令人羨慕了，我也希望有朝一日能開一家銀行來看看。」

這個夢想還真是遠大。

至少不是能裝在鐵窗裡的夢想。

「或是當個硬幣收藏家看看。」

如果是這個，她早就已經當上了不是嗎——即使關在鐵窗裡，也要收取諮詢費用，真可謂守財奴的典範。

「守財奴……嗎。雖然我自己一點頭緒也沒有，但我似乎會給人這種印象呢。據這份調查檔案所寫，我是為了十木本先生的收藏，才闖入十木本公館的。」

「呃——公館——算了，就當是公館好了。」

該說是上一個時代的說法嗎，聽起來好像是推理小說裡的用語，但是從資料來看，考量十木本未末家的面積、設計，也的確是可以用這個字眼來形容的建築。

如果要換成其他說法，也要說是豪宅，或是稱之為府邸。

畢竟裡頭有個用來展示硬幣收藏品的房間——偌大的展示室，光樓地板面積就比日怠井警部住的單間小套房要來得大多了。

那裡同時也是慘絕人寰的案發現場。

「根據那位可愛的刑警先生所描繪的故事大綱，我這個壞傢伙為了偷收藏品，潛入公館裡，不幸地在展示室裡與館主碰個正著，結果把他殺了——如此這般。讓我說的話，光這個大綱就已經像是安插了什麼敍述詭計，矛盾之處堆積如山。」

「堆積如山嗎？」

被這樣毫不留情地大肆批評，難免湧上想為同事說話的心情。

「不過，畢竟是才寫到一半，就在上司的命令下交給我的文件，還請不要太過苛責。」

說得像是在包庇連載作品被批評的小說家（類似「請耐心地等他寫完」的補綴之詞），今日子小姐聞言也「嗯，沒錯。」地輕輕點頭。

「以下雖然是我還記得的事項，但為了慎重起見，請容我確認一下——逮捕我的可愛的刑警先生，就是負責撰寫這份文件，也出現在文件裡的中杉警部補，沒錯吧？」

「沒錯——然後最早接獲報案的賴瀨，則是當時正在設置於被害人家門前的警察崗哨裡執勤的巡查。」

「警察崗哨嗎？這個字眼一出現，又增添了幾分有錢人的感覺呢！」

這倒是。

日怠井警部原本也不知那裡竟設置有這種設施，不過，就算沒有令人瞠目結舌的昂貴收藏，光是他們的出身，就很容易引起宵小的覬覦。

某個角度來說，是比政治家更容易受到生命威脅的立場——宅邸前不只設有警察崗哨，警邏隊（註：全名自動車警邏隊，設置於各都道府縣的警察本部，隸屬於地域部或生活安全部）平常就奉命要在建築物周圍進行重點巡邏。

貴賓級待遇。

考慮到必須防範於未然，倒也不會發展成獨厚這一家的問題……若說有什麼問題，無非是最後竟然沒能防範於未然。

「接獲第一發現者管原女士的通報，駐守門口的賴瀨巡查以肉眼確認『被害人與兇手』之後，便趕緊聯絡千曲川署。中杉警部補接獲通報，立即出動——這裡出現了矛盾呢。」

「……哪裡矛盾了？」

雖然基於同儕意識，這時日怠井警部也反射性地脫口而出近乎擁護的疑問，但其實他也覺得那份調查報告有點不太對勁。

只是，那種感覺很輕很淡，僅止於「再怎麼說，也只是忘卻偵探想太多了」程度——雖然覺得不太對勁，但又說不上來是哪裡怎樣不對勁。

硬要說的話，只能說這一切都太剛好了。

草率得太剛好了。

就像在老套的方便主義電影裡看到的那樣——每個環節都扣得太完美，反而讓人忍不住想抗議「現實生活中才不會這麼順利」——雖說本來不應該對順利的事這樣雞蛋裡挑骨頭就是了。

「要說哪裡矛盾嘛——舉例來說。」

今日子小姐回答日怠井警部的質疑。

「戒備森嚴到如此地步，我這個強盜怎麼可能進得去。」

「咦？可是……」

話是沒錯——沒錯嗎？

的確，在檔案裡，這個戒備森嚴的要素看似可以用來佐證「沒有其他可能是兇手的人物出入」，但是關於「今日子小姐如何避開警衛的耳目進到屋子裡」，現階段確實隻字未提。

是接下來才要寫嗎？還是基於發現時她就在屋子裡的事實，認為怎麼進來的並不是那麼重要嗎？

「或許是基於我是名偵探，總有辦法突破重圍的判斷，但如果是這樣，希望也能導出『名偵探不可能犯下這麼顯而易見的重大刑案』做結論。」

這話雖然一廂情願到讓人聽不下去，卻也讓日怠井警部不得不同意。理論上的確是如此——只是，今日子小姐被「發現」身在案發現場也是無可動搖的事實，因此就推論而言，中杉警部補的想法並無不妥。

（方便主義——）

話說回來，拜見過像忘卻偵探這樣如入無人之境、深入警察署核心的手腕，會覺得她要避開警衛的耳目進屋，也不是不可能的事。

「『發現』嗎——名字前面寫著第一發現者的這位管原女士被定義為『佣人』，我可以認為她並不是相當於保鑣或保全的同居人，而是將其設定在女佣小姐的定位嗎？」

「可以。被害人十木本先生稱她為『管家婆婆』——而『管家婆婆』則稱十木本先生為『少爺』。」

「這可真是真金白銀的有錢人啊。」

感覺得到今日子小姐的笑容中稍微有點尷尬——雖說要怎麼理解這種事是每個人的自由，但即便是自家人，都已經是四十好幾的成年男性了，還被稱為「少爺」總是有點那個。

「管原女士多大年紀呢？檔案上沒寫——可愛的刑警先生真是個紳士，大概是覺得問女生年齡很沒禮貌吧。」

「什麼？沒寫嗎？」

所以她剛剛才會說「女佣小姐」啊。

可惜那只是單純的疏失，不是基於禮貌。

「我接下這個案子的時候，也只聽說第一發現者是『管家婆婆』，沒注意到檔案裡沒寫……我猜年紀應該很大了。不過，這很重要嗎？」

「因為『懷疑第一發現者』是推理的鐵則哪。雖不想懷疑老人家，但可能是看錯或誤會也說不定。」

不是懷疑她是兇手，而是懷疑目擊證詞的正確性嗎——只是聽「可愛的刑警先生」的描述，儘管上了年紀，管原女士依舊給人精明幹練的印象。

「就像『直到少爺成才以前，婆婆都不能安心頤養天年』那樣嗎？」

雖然措辭輕佻，但雖不中亦不遠矣。至少在這件案子裡，不會因為是老人的證詞，就特別靠不住。

「的確，這也是推理小說的鐵則。『小孩和老人的證詞都不會有錯』。」

「你這麼說反而像是綿裡藏針——」

聽起來就像在嫌棄「政治正確」的感覺——這種諷刺才是最不推理小說的吧。話說回來，如同剛才忍不住反駁般，若是以「刑警製作的報告一定有漏洞」的鐵則做為前提，他也不知該如何自處。

「當然，我可沒有挑語病的意思喔。立場一旦對調，想必我也會寫出同樣的報告——但我是忘卻偵探，沒寫過報告，所以話也不能說得太滿。」

今日子小姐表現出最起碼的顧慮，翻開報告到那一頁。

接著邊加上注釋，邊念出來。

「案發當天早上——也就是今天早上——按照平常時間起床的『管家婆婆』管原女士。一如往常地準備起給『少爺』十木本先生及其他佣人的早餐——從他們對於彼此的稱呼亦可看出，其間並沒有嚴格的主從關係，主人與佣人習慣一起用餐。然而在做完早餐後，一如往常地去叫『少爺』起床時，『少爺』卻不在寢室裡……」

念到這裡，今日子小姐暫停了一下。

或許是覺得做飯也就算了，但對於一名成年男性要「管家婆婆」每天早上「一如往常」地去叫自己起床這點有些意見。

然而，能讓人莞爾一笑的記述，也僅僅到此為止。

「……『管家婆婆』以為『少爺』肯定跟平常一樣，在展示室整理收藏品，於是往展示室走去。卻發現展示室的門鎖了起來，打不開——『管家婆婆』一度做出『那大概不在這裡吧』的判斷，可是動員所有的佣人在屋子裡找了一遍，還是找不到『少爺』的蹤跡。由於『少爺』不可能獨自出門，

『管家婆婆』推測人應該還是在展示室裡，或許只是不小心睡著了——於是下定決心，把門撬開。」

真是老當益壯啊——今日子小姐說。

「結果就在展示室裡，『管家婆婆』發現了左胸被凶器扎出一個洞的『少爺』，以及戴著眼鏡、滿頭白髮，緊握著沾滿血的凶器睡得十分香甜的美女倒在地上——以上就是本案的來龍去脈，沒問題吧？」

「沒問題。」

不著痕跡地讓日怠井警部為忘卻偵探是「美女」這件事背書——只是要說有什麼問題嘛，倒也沒有。

至於後續的發展，剛才已經提過了。

「管家婆婆」立刻通報在警察崗哨值勤的巡查，保全現場後的巡查再向警署報告——白髮美女在這段時間裡始終呼呼大睡，神經也實在有夠粗。醒來時，她已經完全被包圍了……被視為重刑犯。

不只是重刑犯，還是強盜殺人的現行犯。

「右手緊握著凶器睡著……凶器是陳列在展示室裡的刀劍型古代貨幣。很難想像用那種凶器來傷人，不過，只要是金屬材質，前端又夠尖銳的話，還是具有殺傷力吧。」

「……瞧你說得事不關己，右手握著具有殺傷力的凶器呼呼大睡的人就是你喔，今日子小姐。」

固然不覺得她會連這種事都忘記，然而以防萬一，還是提醒她一下——提醒她現在可不是在看推理小說。

「要這麼說我分不清現實與幻想，身為名偵探還真是無言以對。因為所謂的推理，本來就與幻想無異。」

「……也對，倒也不是只有名偵探才會分不清現實與幻想，畢竟現在有太多太多的犯罪都跟虛擬空間裡的糾紛脫不了關係。」

不只偵訊室，中年刑警必須從犯罪現場撤退的日子或許也不遠了。

「只是從一名幻想家的角度來看，這點仍然是矛盾的喔！即便我不是名偵探，只是個脫線的女孩子，也不一定會分不清現實與幻想。」

「『美女』也就算了，自稱『女孩子』實在有點不妥，說實在的。」

「即便我只是個脫線的女孩子，也不會手裡握著凶器，躺在犯案現場呼呼大睡的。」

縱然忠告遭到無視，卻也不能對這論點充耳不聞……沒錯，太巧了。

「在上鎖的密室中有一具屍體，屍體旁邊還有一個沒見過的可疑人物握著凶器在睡覺——任誰看、怎麼看，都太像是兇手。難道你不會覺得這樣的登場人物反而不可疑嗎？」

「……我把話先說在前頭，警方是不可能只因為反而不可疑這種理由就將你無罪釋放喔！不管是我，還是中杉警部補，當然都絕非對這個事實不抱任何疑問——所以才會像這樣問你話。可是反過來說，這種程度的『疑點』無論什麼案件都會有，有的嫌犯還會採取更莫名其妙的行動。雖然在竊盜轉殺人的現場睡著的兇手還是第一次聽到。」

「是在竊盜轉殺人的現場——手裡還握著凶器就睡著的兇手喔。」

「沒錯，手裡還握著凶器。」

真堅持啊。
日怠井警部倒不認為這點有這麼重要。
「那麼，請容我再重覆一次，這是發生在現實中的事件，與幻想有著一線之隔。從名偵探的角度來看，或許會認為這是急於立功的笨蛋刑警魯莽的判斷，但是在那種情況下，是刑警都會把你抓起來。」
「的確如此，所以我並沒有大聲抗議這是不當逮捕哪。相反地，唯一能說明當時狀況的我，偏偏是記憶每天都會重置的忘卻偵探，因而無法對於感受到的不對勁做出合理的解釋，我為此感到非常抱歉。」
她才不會感到抱歉。
還是一樣厚臉皮。
「所以身為一介善良的公民，主動提議要幫忙。」
才怪，是身為一個經營者。
「不過，托您的福，我已經大致整理出一個脈絡來了。」
「整理——不是推理嗎？」

「現階段就連幻想都還稱不上，因為這下才總算把現狀的矛盾之處——乃至於疑點檢查完畢。」

最快的「總算」。

或說是做了清算。

「你還是無法接受『管家婆婆』的證詞嗎？」

「對呀。只因在洋館裡找不到人，就做出『少爺』不可能一個人外出的判斷，總覺得哪裡怪怪的，感覺太跳躍式思考。」

「不，那只是個人生活習慣的問題……」

與其說是個人生活習慣的問題，應該說是故人生活習慣的問題吧。

「沒錯，這的確是個問題。」

今日子小姐笑咪咪地接話。

萬一笑咪咪的今日子小姐對有錢人家的公子哥兒有著莫名怨憤——這麼一來就有犯罪動機了，所以表現得這麼明顯並不明智，日怠井警部反而操起莫名其妙的心來。

「不開玩笑，我只是想請教對於『管家婆婆』深信不疑——不疑到甚至不惜破壞上鎖的門，認為『少爺』就在展示室裡的證詞可以採信幾分？」

「……經你這麼一說，我也認為有你的道理，但就算很有道理，由於『管家婆婆』長年與『少爺』生活在同一個屋簷下，照顧著『少爺』的日常起居，就算有什麼難以用言語說明的直覺，也不算太不自然……」

只要換個角度來看，這或許比刑警或偵探的直覺還靠得住也說不定——「管家婆婆」的直覺。

「實際上，也真的被她猜中了……還是你要說『管家婆婆』早就知道『少爺』在展示室裡遇害呢？」

「那要看是什麼情況。」

日怠井警部只是想觀察名偵探的反應才提出極端的假設，沒想到今日子小姐並未完全否定那個可能性。

這麼一來，『懷疑第一發現者』這老套思維還真的又派上用場了……

然而，如果硬要認為今日子小姐是無辜的，的確也只能那麼想吧？

「舉例來說，『管家婆婆』夜裡先在展示室中殺了『少爺』，再以某種手段使今日子小姐睡著，把今日子小姐搬到命案現場，並讓今日子小姐握著凶器，躺在屍體旁邊，然後再把門關上，設計成密室……看準時機，宣稱『少爺』不見了，引起一陣大騷動，假裝自己是第一發現者……？」

無法成立──倒也不至於。

只要所有佣人都是她的人，豈止展示室，整棟建築物皆與密室無異──就像偵訊室一樣，是個封閉的空間。

「做為參考想請教一下，日怠井警部，公館裡──例如展示室裡，是否設有監視器或紅外線感應器之類的防盜系統呢？檔案裡並沒有提到這些。」

既然沒提到，就是沒有的意思。有的話一定會寫上去吧──因為也沒有雇用警衛，只是請警察在建築物的四周巡邏。內部保全比較鬆散，在某種程度上也可以說是理所當然──就算是資產家，至少在家裡也想放鬆一下。

「說的也是。」

就連在鐵窗裡也很放鬆的今日子小姐，似乎對此頗有共鳴，表示同意。

「光是鎖上展示室的門，已經是千載難逢的幸運了——身為一個偵探，能遇到密室登場真是太開心了。」

「現在可不是開心的時候。正因為如此，你的嫌疑才會這麼大。」

「原來如此。可惡的密室哪。」

表現出還能展顏而笑的從容後，今日子小姐說道。

「在密室裡，有一個人被殺，那麼另一個人肯定是兇手。這是推理小說的鐵則，同時也是老套。亦即所謂『登場人物若未達三人以上，推理小說就不成立的問題』。」

講得好像「後期昆恩問題」似的，但就不能取個稍微簡潔一點的名稱嗎——不過，先不管命名，關於這個概念本身，就連日怠井警部也略知一二。

如果只有一個人，不會被任何人殺死——如果有兩個人，倘若其中之一被殺，可以合理地推論另一人就是兇手。因此至少要有三個人，「懸案」才得以成立——比照今日子小姐落落長的命名延伸，這並不該說「沒有三人以上就不能成立的問題」，而是「只有兩人時才能成立的調和」。

「當然，這種有如邏輯益智遊戲的似是而非本身並不成立。因為如果只有兩個人，或許的確不會發生懸案——」

今日子小姐說道。

「如果只是殺人案，還是會發生。」

毋寧說在只有兩個人的情況下，才更容易發生也說不定。

4

難不成她是在兜圈子地主張正當防衛嗎？如果是正當防衛，那她的確有可能是清白的——日怠井警部感到困惑。

兩個人單獨在密室裡。

因為快要被殺，所以殺了對方——先把「強盜殺人」前兩個字的解釋擱在一邊，嗯，倒不是不可能的情況。

因為沒做虧心事，所以才沒有逃離現場，反而大大方方地在現場呼呼大睡——不，再怎麼牽強附會也無法理解「呼呼大睡」的部分——然而單就命案本身而言，這麼講就說得通了。

「以強盜殺人的罪嫌被捕的原因，是因為今日子小姐是侵入者、地點是收藏品的展示室、再加上你緊緊地握著同時也是凶器的古代貨幣——假設那把凶器是『為了自衛』才握在手裡，最後一點可以先跳過。那麼，就針對前兩點——」

「必須思考我是怎麼進去的。不過，日怠井警部，我並不打算主張正當防衛，對起訴內容也沒有異議喔——因為我可不打算被起訴。」

「什麼？」

是這樣的嗎。

雖然有點出乎意料，不過說來這才是忘卻偵探的拿手好戲，應該可以理解為——她已開始進行地毯式的網羅推理。

最快的好處。

如同將棋的人工智慧軟體，以非比尋常的處理速度，檢視分析所有的可能性——剛才提到第一發現者「管家婆婆」就是兇手的假設，頂多也只是其中之一。

「我不認為自己在密室裡，與男性互砍會有勝算呢。可是日怠井警部，你不覺得把門撬開的行為還是過於性急嗎？即使直覺告訴她『少爺』就在展示室裡，也用不著破壞門鎖，只要叫鎖匠來開就好了……雖然報告裡並沒有提到這一點。」

被用這種速度像連珠炮似地提出問題，實在反應不過來——因為日怠井警部所知也僅限於寫在那份調查檔案上的內容。只是，經她這麼一說，管原女士的行動確實有點不太自然。

這麼一來，不管今日子小姐再怎麼擺出安樂椅偵探——不，是電椅偵探的態度，接手偵辦的日怠井警部也認為有必要再去現場看一遍，不能省略直接向相關人員問話的程序。

雖然很像是被嫌犯耍得團團轉，但實地走訪是刑警的基本功——別說是現場走百遍了，現場連一次都沒去過，僅僅憑藉在拘留所裡與被拘留嫌犯的竊竊私語來辦案，著實非他所願。

只是，就算是在網羅推理的中途——不，正因為在中途，在她分析各式各樣的可能性之前，唯獨這件事一定要問清楚。

今日子小姐隱瞞了什麼。

白髮腦袋裡的備忘錄。

動用「那我要睡嘍！」來威脅自己就範的底牌上，究竟寫了些什麼。

不能繼續在可能性的迷霧中，像隻無頭蒼蠅似地到處亂撞——雖然委託她協助調查，但不代表刑警已經向偵探投降。

可沒打算一直處於挨打送分的狀態。

只要日怠井警部先查明本案的真相，擔任送分員的就是偵探了。這個時代，就連推理小說都不會再上演推理戰，因此雙方的條件必須一樣完整才公平。

「哦，你說那件事啊。好的好的好的好的。有的有的，是有這麼回事。只是件不足掛齒的小事。因為太微不足道，瞧我居然沒睡著也給忘了。」

「…………」

幹嘛回答得這麼啟人疑竇。

咦？不對，等一下喔。

該不會事到如今，她還想說那只是虛晃一招吧……不，的確包括這個可能性在內，即使警方已拜託她協助調查，狀況在一小時前與一小時後的現在已經天差地別。

把人逼到這種毫無退路的絕境後，再說其實那只是虛張聲勢，她根本什麼都不記得了，皮膚上根本沒留下其他備忘錄——這可絕對說不通。

「今、今日子小姐——你在開玩笑吧？用偵探一流的玩笑，接二連三地嘲弄警方——」

「日怠井警部，您這樣瞧不起自己的職業實在不可取喔！我固然喜歡夏洛克．福爾摩斯，也同樣喜歡刑警可倫坡喔。話說回來，您知道嗎？日本雖然稱可倫坡為警部，但原文據說是警部補呢。」

就算突然端出這種令人好奇的談資，也不能任由她岔開話題——這才是刑警可倫坡的作風。

給我表現出偵探該有的樣子來。

「哎喲，不要這麼緊張嘛。緊張的刑警拿到的資遣費比較少喔。」

「資遣費!?為什麼要以我會被開除為前提討論這件事!?」

險些就要伸手猛抓鐵窗了。

的確，事情發展至這個地步，不管今日子小姐是有罪也好、無罪也罷，日怠井警部都只能站在她那邊，與她同進退——不僅如此，站在他的立場，要不是無罪就麻煩了。

話雖如此，要是讓她以為自己怕事也很屈辱——同進退這檔事，從偵探的立場來看應該也是一樣的，她要是忘了這點也是很麻煩。

真的很麻煩。要是她忘記的話。

「不不不，我沒有騙您喔。日怠井警部補。」

「請不要若無其事地降我的職。我的階級在原文中也是警部。」

「說的也是呢，至少現階段還是。」

「今日子小姐。」

「不不不，我的意思是說，這次令人眼睛為之一亮的偵查，肯定會讓您出人頭地，相信我。」

「…………」

感覺面對的已經不是偵探，而是如假包換的騙子。對付這種智慧犯，原本並不是搜查一課的工作。

（……可是）

若在這裡放棄，等於放棄了「冤罪製造機」的名號——不不，那種名號，還是早點放棄比較好。

「我還以為藏在你腦中的備忘錄會證明你的無辜——難道不會嗎？」

「當然會。否則就算是我自己，也不會將自己從嫌犯名單中剔除……我腦中的確有『我才不會做出那種事』的自信，不過……我想表達的是，如果問我現在在這裡說出那件事，對日怠井警部而言是否能成為有效的搜查情報，那倒也未必……」

所以這件事容後再述——今日子小姐說。

得知她並未忘記，而「備忘錄」也並非不存在，總之先鬆了一口氣。儘管如此，依舊無法排除她可能只是虛晃一招的疑慮……她說容後再述，是要容到多久以後？

「只要等到專‧家‧抵‧達‧以後喔。我沒說過嗎？如果是我的專家隱館厄介先生，肯定能正確地解讀我的記憶吧。」

換句話說，我想徵求第三者的確認——今日子小姐說道。

說得十分坦然，也表現出已做好心理準備，打算一五一十招供的態度，但日怠井警部卻覺得像是被賞了一記熱辣辣的巴掌，而且是來回兩巴掌。

如果是來回兩巴掌，那就是兩記了。

（簡而言之，她認為要是在這個拘留所內亮出底牌是有風險的——亦即她若是一旦「洩露天機」，可能會被我……乃至於整個警察組織掩蓋掉也說不定。居然連這樣的可能性也實實在在地計算進去）

做為委託她協助辦案的條件，當然得把前任負責人留給他的調查檔案給她看，但是今日子小姐為何要求與隱館青年見面，她卻始終沒給出一個能讓人心服口服的理由——原本在日怠井警部的想像裡，這是她為了掌握自己的真實身分而開出的條件，與偵辦無關——然而看這樣子，與其說是要借重其專家之力，更是希望供述時，隱館青年能以公平的第三者身分在場。

即便「備忘錄」留下的情報是對於「抓錯人」的警方而言是多麼不妙、多麼難以接受，如果有個公平的第三者在場，也就不能輕易地搓湯圓搓掉了——為了不讓警方把真相葬送在黑暗中。

（這個人雖然笑意盈然地侃侃而談，像是在自己家裡般放鬆、厚臉皮地讓人為她準備替換的衣服、甚至張羅晚餐，卻一點也不相信警察——）

不，也不算是不相信——相反地，先不談今日子小姐是否被冤枉，考量她很不幸地被關進了鐵籠子的遭遇，要說她把一切都託付給警方也不為過。只是，就像緊緊拉住錢包的拉鍊般，她也緊緊地握住最重要的主導權不放。從有限的選項中，一刻也不間斷地持續選擇最有利的選項。

對自己最有利的選項。

想想也滿合理的。善於掌握人心的名偵探，握得最緊最用力的，就是自己的心——手指深深地掐入心臟到幾乎要把心臟捏爆，以藉此控制自己。

就算提供情報，日怠井警部也不打算對偵探敞開心門，但偵探也不遑多讓，不只對日怠井警部緊閉心扉，就連對自己，也不曾卸下心防。

做到這個地步，似乎有點可憐了。

有自信的事就說得信心十足，也一直對自己說的話深信不疑，可是說不定，最不相信被捕的名偵探是無辜的人，其實是她自己……？

背面的背面是正面——嗎。

（…………）

若說偵探的態度值得同情，倒也不是，甚至該說還讓他更為怒火中燒，總之日怠井警部也不知該怎麼說才好——此時，塞在口袋裡的手機響了。

是去找工具好撬開鐵窗而遲遲未歸的年輕看守員傳來的簡訊——該說他是時機抓得剛剛好，還是絲毫不會看時間呢。

然而，主旨並非「找到適合的工具了，這就回去」。簡訊內容是通知專家——隱館厄介已來到警署。大概是在櫃台遇到的吧。

（——縱使本人沒有那個意思……但如果是那個形跡可疑的駝背青年，同時也是掟上今日子的專家，或許真能讓這個女人稍微放鬆一下那顆隨時都要被捏爆，已經冰凍成石的心吧……？）

唯有這一刻。

唯有這一刻，日怠井警部暫時放下案子，想著這件事。

5

如此這般，我終於以探視為名，與今日子小姐再會了。

又或者是初次見面。

第六話
隱館厄介的會客室
&
第七話
掟上今日子的祕密

1

為了前往千曲川署的會客室，我也做了該有的心理準備。這麼說可能有點那個，但是不只千曲川署的拘留所，我對拘留所這種場所早有一套完整的概念——我這麼說別無他意，只是想單純陳述我知道今日子小姐目前處於多麼嚴峻的狀況而已。

想說我知道得很清楚而已。

不管是否有冤屈，拘留所都是令人心膽俱寒的環境——我想說服自己，不同於我，如果是堅強的今日子小姐，即使在那麼嚴峻的環境中，肯定也能優雅地度過——但也不能太樂觀。

尤其是今日子小姐身為偵探界的時尚教主——據說沒人看過她穿同一套衣服——如今一想到她可能也得穿上規定的橘色連身囚衣，我這個專家簡直快瘋了，但是也得做好「狀況可能真的會演變至此」的心理準備。

今日子小姐肯定能籠絡警署內的某個人，沒錯，讓女警成為她的伙伴，特別為她準備時髦的衣服吧——我勉為其難地為自己加油打氣，戰戰兢兢地踏入深夜的會客室，沒想到忘卻偵探的模樣遠超乎我做好的心理準備。

在以壓克力玻璃隔開的另一側。

今日子小姐穿著制服現身了。

忘了是哪一次，在從事偵探活動時，今日子小姐穿過水手服，但不是海軍穿的那種——而這次的制服則不是學生穿的那種，乃是警察穿的制服。

制服警官。

連帽子都戴上了，完全是女警的打扮——只要再把露出來的白髮藏好，乍看之下根本認不出那是今日子小姐，實在令人印象深刻的盛裝打扮。

咦？

我一頭霧水地望向站在今日子小姐背後，正用反手把門關上的日怠井警部。只見警部一臉啞巴吃黃連的表情——不，那是一種不可言說的表情，彷彿他本人才是被咬碎的黃連。

「初次見面。我是偵探，掟上今日子。你也可以稱我為嫌犯，掟上今日子。或是稱我為女警，掟上今日子。」

今日子小姐坐上椅子，把帽子放到一旁，向我點頭致意——儘管是在以壓克力玻璃隔開的會客室裡，因為那身制服警官的打扮，讓我感覺就像來到諮詢窗口。

「我……我叫隱館厄介……初次見面。」

這麼說沒錯吧。

這是第幾百幾千萬次的初次見面了。

我也坐下，仔細觀察今日子小姐的服裝——這次並非以嫌犯的身分，而是以「忘卻偵探的專家」身分被找來警察署，但是被冤枉的專業戶才是我的老本行，所以對警察制服自然相當熟悉。

從縫製的工法來看，似乎是正式制服，完全合乎制式規定。

既不是角色扮演用的複製品，也不是警衛的制服。

「打扮成這樣真不好意思。這是裡封面用的打扮。」

「嗄？」

裡封面用？

封面也好，裡封面也罷，忘卻偵探的存在本來就屬於最高機密，不可能大剌剌地刊登在什麼封面上。

「說穿了，就是變裝啦。真是太不好意思了，因為是大幅超過『營業時間』的會面，必須變裝才能從拘留所移動到會客室。」

畢竟是在警察署裡，只能打扮成警官——像是為徵求同意似地，今日子小姐回頭看了日怠井警部一眼。

日怠井警部把目光撇開。

那心不甘、情不願的態度，儼然像是被迫入伙的共犯。

這也有道理，被拘留的人深夜離開牢房，傳出去確實很難交代——更何況還是私下委託被拘留的人協助調查，當然必須掩人耳目——但就算是發生在警署內的事，也犯不著把制服借給她吧。

這麼做，問題不是更大嗎。

必定是今日子小姐逼他就範吧——與圍井小姐交換過情報後，被日怠井警部找來警署時，就已經猜到她不會安分守己地當個階下囚（雖然還不知道日怠井警部是在什麼樣的前因後果下「被迫」委託今日子小姐推理，但是看到眼下這個情況，就我這個專家的分析，必定是受到了惡質的脅迫），忘卻偵探的態度遠比我想像的還要橫蠻不講理。

失策了。該做的是另一種心理準備。

被找來警署就乖乖地送上門來，果然還是太輕率嗎……別說是蒙上不白之冤，既然已經知情，我也成為這個瀆職行為的共犯了。

或者說是從犯。

才不管我（以及日怠井警部）的心情，今日子小姐穿著沒什麼機會穿（平常絕對沒得穿）的警官制服，心情好得一眼便知。實在無法想像她直到進入這個房間的前一刻還銬著手銬、繫著腰繩——閒話休提，總不能一直盯著她看。

儘管所有探視被拘留者的規定如今皆已名存實亡，時間依舊非常有限——服儀檢查暫時告一段落，我直接切入主題。

「今日子小姐，你現在有多想睡？」

2

日怠井警部對隱館青年劈頭的第一句話深感佩服。

剛進會客室時，因為坐在與平常相反的位置，顯然一副坐立不安的他，不負其「專家」的威名，一看到今日子小姐的打扮——穿著制服的打扮——馬上就進入了狀況。

然後也不問日怠井警部並未清楚告訴他案情的來龍去脈，或是在這種大半夜裡把自己找來警察署的理由，而是先問忘卻偵探的睡眠狀況。

「今日子小姐，你現在有多想睡？」

雖然沒頭沒腦，但的確是很值得問的問題——或許是自己言聽計從地把制服借給她（當然，手銬、手槍和警棍這些東西仍因日怠井警部堅持，全都收起來了——算是對偵探時甚少的勝利）的成果，忘卻偵探看來神采奕奕，然而身為階下囚的她，卻也絕不讓日怠井警部看到她的軟弱。

說不定她其實很睏，只是在硬撐。

（什麼也——不相信）

儘管看起來活力四射，但「今天」對她來說，肯定是漫長的一天。

而且這樣的「今天」還沒結束。

最重要的是，先把焦點放在「睡意」的隱館青年或許也非日怠井警部印象中那麼靠不住的男人也說不定——雖然他對隱館青年重新評價，今日子小姐本人的反應卻是「還好，一點也不睏。」而已。

非常冷淡。

與面對日怠井警部的時候沒什麼差別，同樣笑臉迎人，愛理不理的——表示縱然面對專家，今日子小姐的防禦也不會鬆懈。

就算是置手紙偵探事務所的常客，對於「今天的今日子小姐」來說，也只是「初次見面」的陌生人，因此反應大同小異，要說當然也是理所當然……

奇妙的是，即使受到這麼冷淡的對待，隱館青年依舊絲毫不為所動。

毋寧說還有點鬆了口氣的樣子。

真是詭異。

那種可疑態度著實激起辦案的衝動，但這裡不是偵訊室而是會客室……更何況，隱館青年大概也只是因為看到今日子小姐在拘留所裡也能與平常無異，而感到鬆了口氣吧。

雖被稱為冤罪製造機，也沒打算抓錯同一個人兩次──不如靜觀其變。

（「靜觀其變」──要是能在接獲前往第四偵訊室的命令時就做出這個判斷，或許就不會攤上這起牽連到整個千曲川署的醜聞了……）

算了。多想無益。這是工作。

這麼說來，明明不是工作，還能大搖大擺地出現在曾經囚禁過自己的警察署裡，隱館青年真是膽識過人。

相對於總是笑容可掬的今日子小姐，隱館青年看來總是畏首畏尾的──不曉得他們怎麼看待彼此，但看在自己眼中，都快分不清誰才是嫌犯了。

雖然答案不如預期，但今日子小姐仍然回答了他的問題──於是，隱館青年又問今日子小姐。

「那麼，我到底該怎麼做才好呢？如果有我能幫上忙的地方……」

換作平常，的確是一見面就問的事，但從他問的不是「為什麼找我來」而是「我該做什麼才好」，足見他已經打算接下某個任務——據說忘卻偵探沒有助手，但說不定隱館青年過去也經常像這樣協助忘卻偵探的工作？

不是以委託人的身分，也不是以專家的身分。

（如果是那樣，這也太悲情了）

因為無論再怎麼盡心盡力，今日子小姐每次睡著，都會忘了這一切。

也許是基於這樣的同情，原本決定要靜觀其變的日怠井警部搶在今日子小姐回答以前，反射性地插了一句。

「隱館先生，比起那個，你不用先問清楚事情的來龍去脈嗎？」

或許是不忍見本來與這件事無關的隱館青年，卻如同日怠井警部……不，事實上是包括現在整個千曲川署的職員……在一無所知的情況下，被白捲入忘卻偵探旁若無人的態度裡。

打電話給隱館青年的人正是日怠井警部，但是從那一刻算起，狀況又產生了不少變化——現在已經得知忘卻偵探原來是為了有個公平的證人，才把隱館青年找來的。怎麼忍心讓他在一無所知的情況下被丟到那個立場呢——所以才忍不住想助他一臂之力。

「不用了，我也去調查了今日子小姐被捕的案子是怎麼一回事……在我能力所及的範圍內。」

隱館青年對著日怠井警部有氣無力地一笑。

嗯。這還真意外。看樣子，這傢伙並非像表面上那樣，只是被動捲入。仔細想想，與名偵探有強大交情的他，沒有任何消息來源才奇怪吧——難不成是雇用了其他偵探來打聽這件尚未見諸報端的強盜殺人命案？

當然不可能察覺日怠井警部心中所想，但隱館青年依舊不打自招地說。

「別擔心，今日子小姐，我並未委託其他偵探，情報是一位中立公正的記者告訴我的。」

——這個男人審訊起來應該很輕鬆。

實際上並不輕鬆。

雖然這兩個人的舉止互為對照，但仍不能輕信其外表所見。這點無論是對忘卻偵探——還是對忘卻偵探的「專家」應該都是一樣的。

「這還真是讓你費心了。」

今日子小姐對他行了一禮後，抬起頭來，喃喃自語。

「中立公正的記者嗎？」

這句話既不是對隱館青年，也不是對日怠井警部說。

「可是呀，既然記者已經打聽到消息，就不能再慢吞吞的。即使不是最快的偵探，也要自動自發地加快腳步才好。假設記者真的中立公正，那你……呃，可以叫你厄介先生嗎？」

「可、可以！請務必這麼叫！」

「假設記者真的中立公正，應該沒有把整件事都告訴你吧？畢竟也要顧慮到個人隱私或消息來源——因此，就由身為本案當事人的我來告訴你比較深入一點的內容吧。急事更要緩辦。」

什麼「由我來告訴你」，明明是剛才看完報告才得到的知識——然而，今日子小姐卻把自己遭逮捕一事整理得更加言簡意賅，說明給隱館青年聽。精華版。

三分鐘就懂的強盜殺人案。

可是——

（……厄介先生？）

為何是直呼他的名字？

還有，為何光是這樣，青年就喜上眉梢到一眼即可看穿的地步？

3

似乎是因為我無法完全藏起今日子小姐喊我厄介先生的喜悅，日怠井警部一臉狐疑地看著我——誰在乎啊，反正我從來沒熱切渴望過別人認為我是一個冷靜自持的男人。

再說了，唯獨為了這件事，縱使由於我的反應太過可疑而遭誤解，甚至被逮捕也無所謂——另一方面，我似乎已經迷上她這次會喊我「隱館先生」或「厄介先生」這種不確定性極高的賭博，但同時又覺得習於追求這種喜悅實在不太好。

閒話休提，拜今日子小姐發揮了高度說明效率所賜，比起進入會客室前，整體狀況已經整理得更條理分明——與圍井小姐提供給我的情報兩相對照下，差不多可以完全掌握到本案的概要了。

龜井加平先生＝十木本未末先生。

因為先記住了化名，還得重新輸入正確名稱，腦中有點卡住，不過，身為忘卻偵探的專家，要是連重置個名字都辦不到還得了。

從那個罕見的姓氏幾乎可以猜出龜井先生……十木本先生出身自哪家大型銀行的創辦人家族，但這件事也先擱到一邊……嗯，感覺愈陷愈深了。

萬一因為知道太多而被追殺可怎麼辦才好。

忘卻偵探可以藉由遺忘來保護自己，但我缺乏這個技能……事到如今，我又開始擔心能否活著走出警察署了……為了把活跳跳的情報帶回去給圍井小姐（我們談妥了這樣的商業協定）也得平安地離開這個會客室才行。

「如何？厄介先生。首先想請你說說最直接的感想，身為專家——你認為我是兇手嗎？」

很難回答的問題。

更重要的是，我不認為今日子小姐有意採用或參考我的意見——我心裡有數，她並不是為了知道這種事才找我來的。

然而，一想到這或許是名偵探向助手徵求提示的場面，就無法悍然拒絕。而且本來就很難想像我悍然拒絕今日子小姐的畫面，總而言之，她問什麼，我就回答什麼。

「的確從各種角度看，都能找到疑點，但至少強盜殺人的可能性應該是微乎其微吧……？假設你真的溜進展示室，卻在那裡睡著，還被發現，不就表示你什麼都還沒偷嗎？」

「這個著眼點聽起來好像不擇手段的缺德律師啊。」

日怠井警部從旁射來一枝冷箭。

我只是把聽完想到的事說出來，可不打算被他抓住有機會逮捕我的小辮子，只是身為刑警，我所說的話好像不能聽聽就算了。

居然還給我冠上缺德的惡名。缺乏道德。這個字眼真嚇人。

「可是，既然凶器那把刀是收藏品的一部分——從她手裡拿著那把刀的那一刻開始，今日子小姐的強盜嫌疑不就已經成立了？」

彷彿把當事人晾在一邊，進行起法庭上的攻防了——雖然我既不缺德，也並非律師，日怠井警部更不是別著秋霜烈日（檢察官徽章）的檢察官——然而，他說的也不無道理。

不過既然展示室是密室，今日子小姐也沒把贓物帶出案發現場，顯然還是未遂——或是要看其價值而定吧。

那把刀劍型的古代錢幣到底值多少錢呢——姑且不論其在考古學上的價值，我也著實不覺得那會是高等遊民的收藏品中最昂貴的錢幣。話說回來，根本不用日怠井警部提醒，這個切入點充其量只是前奏，或該說是為了爭取整理脈絡的時間所採取的緩兵之計。

「要證明某個人物不是某椿犯罪的兇手，可說是惡魔的證明，但這裡要反過來想——必須要有哪些條件，才能證明今日子小姐是無辜的。是哪些要素足以證明罪行是以今日子小姐為首……又或者她就是唯一的嫌犯。」

「是哪些呢？偵探先生。」

今日子小姐好似在揶揄我的演講口吻一般，不帶感情地附和——這個人真的一點危機意識也沒有。

「醜話先說在前頭，惡魔的證明並不是讓你用來脫身的藉口喔！我想知道的是偵探的證明——偵探的QED（證明完畢）。」

「第一點……」

我不理會她的調侃，繼續切入。

「第一點是無法得知你如何進入十木本先生家這點——畢竟你身在由警方隨時巡邏的豪宅，所以被懷疑是私闖民宅也無可厚非。但是，如果不是私闖民宅……倘若是以偵探的身分，接受十木本先生的委託及邀請，目的是要為他解決某件事的話，就不是私闖民宅了。」

與社會斷絕關係的忘卻偵探，只能以接受委託的方式與世人產生連繫——在這延長線上思考的話。

「嗯哼。聽起來有點牽強呢！」

這句雞蛋裡挑骨頭的話出自何人之口？不是日怠井警部，正是今日子小姐本人——饒了我吧。

或許和模仿名偵探的演講無關，而是「第一點」這種模仿網羅推理的舉動觸怒了她……又或者是在如此近距離內看人施展自己的推理技巧，即使隔著壓克力玻璃也只見礙眼的缺陷。

「可是，這麼一來，不就也能說明為何得以避開了員警們的耳目嗎？要是內神通外鬼——而且那個內神，根本就是豪宅的主人。」

「如果是受到正式的招待，有什麼理由需要偷偷摸摸的？向在警察崗哨值勤的巡查打聲招呼，從大門進去不就好了。」

唔。這麼說倒也沒錯啦。

心裡想著為何自己要被嫌犯本人挑毛病，我將視線移向日怠井警部——只見他一臉「別看我啊」的表情。

雖說倒不是無法理解。

不過，我想他的本性並不壞吧（而且本來就不是壞人）。

「假設十木本先生是委託人，既然選擇了絕對會嚴格遵守保密義務的置手紙偵探事務所，就表示其委託內容也希望能盡可能保密——如果不想讓住在一起的佣人、負責巡邏的警官發現他委託偵探這件事，或許就會偷偷摸摸地在不被任何人注意到的情況下，讓自己找來的偵探走進門。」

日怠井警部露了一手不輸專家的解釋。

說得好！如果說我還有什麼不滿足的地方，無非是希望他在誤把我當成兇手逮捕時也能這麼精明！

「反過來說，只要能知道委託內容——只要能確定十木本先生是我的委託人，就能消除一個讓我變成嫌犯的要素。算了，雖然有點不情願，還是稍微放點水吧。我這麼好說話真是太好了呢，厄介先生。」

今日子小姐完全站在評審的角度。

這個人是地球的軸心嗎——我們為何都要繞著她轉啊。

「第二點呢?」

在白髮的地軸催促下,我繼續有樣學樣地網羅推理。

「第二點不用說,當然就是密室——兩個人身在名為展示室的密室裡,一個人被殺,另一個人就是兇手的三段論的確很簡單,聽起來也沒有漏洞,但是想到今日子小姐一路走來,破解過的密室沒有一百也有兩百,實在不能單靠理論來說絕對就是如此,不是嗎?」

若展示室不再是密室,今日子小姐亦不再是唯一的嫌犯。

「拿在手裡的凶器呢?那又該怎麼解釋才好?」

這是來自日怠井警部的疑問。

感覺從法庭上的攻防變成腦力激盪——被壓克力玻璃隔開,形成我一人對決嫌犯&刑警的組合,非常不尋常的腦力激盪。

「凶器……是指發現時,握在睡著的今日子小姐手中,那把沾滿血的凶器對吧。沒錯，的確太可疑了。可是，換個角度想，也有可能是某個人把凶器塞進睡著的今日子小姐手中，不是嗎？」

「一下子反過來說，一下子換個角度想，厄介先生還真忙啊！」

看樣子是別想指望來自被辯護人的救援了——她根本只是在看好戲，而不是對我的有樣學樣有什麼不滿。

我只有說「換個角度想」，「反過來說」明明是今日子小姐說的。

與這種嫌犯比起來，日怠井警部簡直是認真到不行。

「有可能讓睡著的人握住什麼東西嗎……？即使硬讓她握住，好像也會馬上掉下來。」

唔！好尖銳的質問。大概比做為凶器的古代錢幣還尖銳——天曉得，沒實際試過怎麼知道——的確，要讓睡著的人握住什麼東西雖然不是絕對不可能，但也不是一件容易的事。

動作太大，可能會把本人弄醒，在沒用繩子綑綁的情況下，認為是本人基於己身意願握住的比較妥當吧——不，那也不見得妥當。有什麼理由非得用力地緊緊握住會把自己與殺人犯（或是強盜）畫上等號的凶器睡著——

而且，顯然也不是因為看到血而失神暈倒。

因為「反正到了明天就會忘記」，所以無論是多麼淒慘，令人作嘔的案發現場，今日子小姐都能面不改色地走進去。

這點我這專家可以為她掛保證、打包票。

「既然如此，如同思考我為什麼會緊握著凶器一般，或許也應該思考我為何會睡著呢。」

今日子小姐說著充滿提示性的話——然而，在思考這個提示之前，她又開口說道。

「不管怎樣，厄介先生是把推理的重點放在整棟建築物的密室性與展示室的密室性上嗎？」

忘卻偵探用一句話總結我的見解。

「也就是所謂的雙重密室呢。您認為這就是關鍵。」

「……沒錯。」

受警官監視的密室與上鎖的密室。

只要能解開這兩道鎖，就能打破嫌犯只有今日子小姐一人的現狀。

可是，我對於本案的見解，似乎搆不到及格的邊緣，今日子小姐噘起小嘴，給出辛辣的評分。

「不怎麼樣呢。厄介先生真的是我的專家嗎？」

她好像非常失望，刻意深深地嘆了一口氣給我看。

等等，這原本是日怠井警部起的頭——我看著起頭的罪魁禍首，日怠井警部則避開了我的視線。

看著我啊。

害她這麼失望是我的錯嗎……要說是我辜負恩人今日子小姐的期待，應該再也沒有比這個更遺憾的事了。不要賣弄奇怪的理論，熱切地一口咬定「你絕對是無辜的！不管發生什麼事，我都會站在你那邊！」比較好嗎？

但如果讓我不死心地繼續闡述專家的見解，說她絕對無辜什麼的可能會使今日子小姐更加不高興……因為這個人隨時都在觀察對方值不值得信任，是一個將「委託人會說謊」奉為圭臬的偵探。

像這樣深夜把人叫來，最重要的事卻故弄玄虛，就是為了判斷能不能把任務交給我——現階段而言，我的表現大概還不夠好。

只是，我身為今日子小姐的信徒——幾乎可說是對她言聽計從，讓忘卻偵探（以及冤案警部）失望後就大搖大擺地回去，實非我所願。

得讓她知道我還有點用處才行。

為了得到幫助恩人的資格。

「我是專家喔。目標是總有一天要把你的活躍事蹟寫成書出版。」

「光這一點，我就覺得你不是我的專家了……」

說的也是。我也想這麼告訴圍井小姐，因為那個人是記者。

先不管這個，「那我提出證據吧。」我說。

「我可以猜中你正在想什麼——接下來要說什麼。」

「又要表演魔術嗎？」

聲量雖小，但日怠井警部用所有人都聽得見的聲音，喃喃自語地嘀咕

——看樣子，拘留所裡似乎發生過什麼事。

然而，這個提議似乎勾起了偵探的好奇心，於是今日子小姐說道。

「好像很好玩，那就請你猜猜看吧。」

我清了清喉嚨。

話雖如此，也不是什麼值得裝模作樣的事——只要鸚鵡學舌地搶先說出截至目前已經聽過幾百幾千萬次的台詞就好。

「今日子小姐現在是這麼想的，你想說『這‧個‧案‧子‧的‧真‧相——』」

「『我‧打‧從‧一‧開‧始‧就‧知‧道‧了‧』。」

真不愧是最快的偵探。

又被她搶先了一步。

今日子小姐嫣然一笑。

「你過關了。我承認你是我的專家，厄介先生。」

點頭稱許。

4

日怠井警部大吃一驚。

（早就知道這個案子的真相了!?）

真的假的。

為何這兩個人隔著壓克力玻璃，還能散發出那種心意相通的氛圍——還一副裝模作樣地指尖對指尖在那邊心電感應是怎樣。要是真的「打從一開始就知道了」，這樣事情不是早就解決了嗎。這就是只存在於今日子小姐腦中的祕密筆記嗎——不，那已經不只是筆記了。

沒想到都到了這個節骨眼，還會嚐到被排擠的感覺，總之不問不行。視情況，可能還得把坐在壓克力玻璃對面的隱館青年拽到這邊來才行。

必須以共犯的罪名將他逮捕。

或許是察覺到這股躁動的氣氛，隱館青年恍然大悟地望向日怠井警部，慌張地解釋：「不、不是，這是常有的那個！總是掛在她嘴邊的經典台詞！

並不是真的打從一開始就知道了！」──什麼嘛，原來是這麼回事啊。

原來是忘卻偵探的招牌台詞啊。

這麼一來──雖然解除了冤罪製造機的心理武裝，但今日子小姐似乎對他「戳破真相」的行為感到很不滿。

「唉……」

深深嘆息。比剛才更長的嘆息──弄巧成拙，她對隱館青年更失望了。

「真是令我失望啊！居然把這麼瀟灑的招牌台詞說成安排好的──厄介先生，你這個專家是不是變成笨蛋專家了？」

太毒了。

然而，只見隱館青年臉上露出苦笑，日怠井警部心想，或許包含他這個反應在內，也是「常有的那個」。

「既然如此，就由我拿出證據來吧。」

今日子小姐一步也不退讓。

不甘示弱嗎？只見她背對著自己，頭也不回地說道。

「日怠井警部，或許為時尚早，我要兌現承諾了。」

「承諾？」

「向您公開我腦中的一部分，用以換取所有搜查情報的承諾——我要向您坦白我隱瞞了什麼。」

哦。

假動作之後終於要來真的了——終於。

看來似乎不是在虛張聲勢。這一點就如同笨蛋專家——不對，是專家所猜測的，今日子小姐藏了一手。

「那麼，如同隱館先生所說，原本寫在你身上的備忘錄，不只左手的個資嗎？」

明知在心理戰上，不能讓對方覺得自己已經上鉤，要盡可能保持冷靜，表現出一副我才是早就知道的態度，但日怠井警部還是藏不住聲線的激昂——相較之下，今日子小姐十分平靜地回答：

「嚴格說來，並非留下文字，而是『昨天的我』留下的死前留言。」

並非文字？那是什麼？

死前留言？隱館青年也對此面露詫異的表情。

「請問是什麼意思？今日子小姐。」

隱館青年迫不及待地追問。

看樣子，他也覺得這不是平常的「常有的那個」。

「厄介先生，你的反應真的很遲鈍耶。還沒概念嗎？」

今日子小姐又嘆了一口氣。

「這就是你剛才提的問題『為什麼我會緊握著凶器睡著』的解答喔。」

給出提示。

一面給出提示，一面指著壓克力玻璃的另一邊，這次的心電感應好像失靈了，隱館青年只是一臉詫異，並沒也再來個指尖對指尖。

「你是說，凶器就是死前留言嗎？沾滿血的刀子本身就是訊息……？」

隱館青年說著說著，似乎自己也覺得好像不是這麼回事，閉上了嘴──

日怠井警部也有同感。

假使凶器即為情報，也不用拿在手裡——因為無論再怎麼不願意，凶器也會引人注目而成為呈堂證物。然而，今日子小姐儘管睡著，失去記憶，也要緊緊地握著那把刀不放手——以右手緊緊握住——右手？

「……那，也就是說，重點不在右手，而是在左手嗎？」

隱館青年戰戰兢兢地說。

「沒錯。」

今日子小姐張開左手，高高舉起。

對了——當魔術師秀出右手，就是企圖讓觀眾不要注意其左手之時——換句話說，今日子小姐之所以把沾滿血的凶器緊握在右手，純粹只是不希望第一發現者及隨後趕至的警察注意到她的左手。

訊息——死前留言要傳遞的訊息。

備忘錄——就握在另一隻手裡。

「當然，這不是萬無一失的小動作。萬一警方認為右手握著證物，左手可能也有什麼東西，為了慎重起見也檢查左手的話，就萬事休矣了。不過啊，根據『昨天的我』判斷，大概認為沾滿血的刀子所引起的騷動，足以撐到我醒來為止吧。」

畢竟是狗急跳牆的奮力一搏麼——今日子小姐高舉的左手一下子握拳、一下子張開、一下子又出剪刀。

日怠井警部還是第一次看到在會客室裡擺出勝利手勢的嫌犯。

「用筆在皮膚上寫下標準『備忘錄』的話，不曉得睡著的時候會被誰看到……相較之下，如果是把『什麼』握在手裡的備忘錄，至少在我把手張開以前，不會被別人看見。」

說明到這麼仔細，感覺甚至有些囉嗦了——問題是，握在手裡的「什麼」究竟是什麼。假設她並不是把文章寫在掌心裡——是信件還是什麼嗎？不，如果是那種東西，早在逮捕時就會被沒收。

不同於做為凶器的刀子，假設有個醒來時要是沒握在手裡，就不知道那是死前留言的物體X——那到底是什麼？

「……」

日怠井警部屏氣凝神地等今日子小姐揭露謎底，但今日子小姐卻保持把左手舉在半空中的姿勢，沒完沒了地繼續絮絮叨叨的解說。

「話說回來，我好像沒帶筆對吧——身為忘卻偵探，不帶記事本和筆是我的作風。大概吧。用被害人的血液來代替墨水這個方法，要說可行也不是絕對不可行，可是再怎麼樣——」

（嗯……？）

這種拖泥帶水的說話方式，實在不像是最快的偵探會做的事。

果然還是有些不想讓日怠井警部知道的情報嗎？而她剛剛那段「公開腦中的一部分」這種不上不下的用詞——真希望她能徹底放棄掙扎。說不定她只想讓隱館青年這位專家知道「死前留言」的內容——那可不行。

日怠井警部也有他的堅持。有他的刑警魂。

不管她打算用多小的聲量講，日怠井警部也不會錯過的——「昨天的今日子小姐」到底要向「今天的今日子小姐」交代什麼？

沒拿著凶器的另一隻手，到底緊握著什麼？

「想當然耳，所有發現我的人或許都會把焦點放在右手，但是考慮到我平常都把備忘錄寫在左手臂，我應該已經養成一醒來就馬上注意左邊的習慣吧。即使記憶重置，身體上的習慣則又另當別論——」

好囉嗦。而且沒完沒了。

她打算繼續拖拖拉拉地試探到什麼時候。簡直就像是在追蹤綁票犯打來的電話似的——像是在爭取時間——誤導——

「……啊！」

當魔術師秀出右手，就是企圖讓觀眾不要注意其左手之時——換言之，秀出左手時，就是企圖讓觀眾不要注意右手的時候！這樣將左手高高舉起，比出勝利手勢的此時此刻，今日子小姐究竟正用右手在另一側做什麼——

太遲了。

待日怠井警部繞到另一邊，今日子小姐已經用右手把壓克力玻璃擦乾淨了——把三番兩次表現出失望時，刻意用深深的嘆息使其蒙上一層霧氣的壓克力玻璃擦乾淨。

當然，在擦乾淨以前。

想必已經用右手的食指——在那上頭寫下了訊息。

寫給坐在壓克力玻璃對面的專家看。

（那裝模作樣的指尖對指尖也是誤導嗎——）

彷彿高中生情侶，用電車的車窗代替黑板交談——傳達著不想給日怠井警部知道的「什麼」。

（在、在這個數位時代，居然採取這麼古典的手法——這兩個人！）

所以今日子小姐才會打從一開始就要求在會客室見面嗎——要說規定，的確也是這樣規定的，因此他並不覺得有何不妥，但仔細想想，倘若是私底下的會面，明明在拘留所進行，隱密性還比較高一點……

原來她需要玻璃啊。

居然把原本用來將嫌犯與探視者隔開而存在的壓克力玻璃當成留言板——難怪她從中途開始，就再也不曾轉過頭來看日怠井警部。原來那不是什麼從容的態度，只是要利用自己的身體遮住寫下的訊息——可笑的是日怠井警部不只看著她的背影，也看到她左手高舉的V字手勢。說來，那還真的是表示勝利的意思也說不定。

勝利——偵探對刑警的勝利。

「——隱館厄介！」

這次一定要逮捕你——日怠井警部怒髮衝冠地瞪了他一眼，隱館青年則連忙站起身來——這一切當然都是今日子小姐的自作主張，但是在他對日怠井警部知情不報的那一刻，共犯結構就已經成立了。

或許是感受到他真的動氣，

「那、那我就先失陪了，今日子小姐——今天內再見！」

隱館青年手忙腳亂，像逃走般地衝出會客室——不是就像，而是真的逃走了。日怠井警部立刻就想追上去，但壓克力玻璃這次發揮了原本的功用。

快來人啊——不，這是私下的探視，不能叫人來幫忙。帶隱館青年來會客室的年輕看守員，如今也已經回到自己的工作崗位——正在修理拘留所被撬開的獨居房鐵門。

「好的。趁我還記得的時候，今天內再見。加油喔！厄介先生。」

今日子小姐對著已經跑得不見人影的隱館青年加油打氣。

（加油——？）

她說加油，是要加什麼油？

看樣子，那個青年並不是因為害怕被日怠井警部逮捕才逃走的——忘卻偵探到底交代了他什麼？

5

如此這般，我又當上忘卻偵探的助手了——幾乎是強制性地，在警方的追捕下，成為既不是共犯也不是從犯的偵探助手。

帶著今日子小姐的口訊，落荒而逃的目的地是——不，勇往直前的目的地是硬幣收藏家，龜井加平先生（化名）的家——十木本公館。

第八話

掟上今日子的妨礙公務罪

&

第九話

隱館厄介的私闖民宅罪

1

與其說是憤慨，不如說是打從心底感到厭倦了——不，在那一刻日怠井警部當然被忘卻偵探明目張膽的背叛行為氣到七竅生煙，但是過了一段時間，冷靜下來以後，不禁覺得這感覺被擺了一道的背叛未免太沒有意義——不只毫無意義，還會有反效果。

自己根本沒有被反將一軍，被逼到棋盤一角的反而是她。

讓隱館青年為她奔走又能怎樣？

不管隔著壓克力玻璃傳達了什麼，說穿了，那小子到底又能做什麼——不信任警方這點還說得過去，畢竟警方也並不是光明正大到自創立以來，從不曾有過貪贓枉法行為的組織。

實際上，有罪也好，無辜也罷，把一切開誠布公，攤在限制自己行動自由的對手面前，本來就是一件危險的事——因此才設定了緘默權。面對審訊，不開口這件事本身並不構成犯罪——如果不相信日怠井警部，又或者是不相信警部這個頭銜，那也無所謂。

還在可以甘之如飴的範圍內。

就像出現在偵探小說裡的刑警般，是被騙的自己太笨。

話說回來，即便看似屈居下風，再怎麼說，相較於民間的私立偵探，自己都站在握有公權力的立場……光只看這點，就知道要對方無條件信賴自己，本來就是強人所難的苛求。

儘管如此——就把一切託付給「初次見面」的探視對象，又會是明智的抉擇嗎？他確實是忘卻偵探的專家沒錯，今日子小姐看中的就是這一點也沒錯，但就算是這樣，他仍舊只是目前正在找工作的一名青年罷了。

什麼也不是。

這個選擇簡直不符合忘卻偵探的風格，是不應該出現的失誤——這難道就是所謂弘法大師也會有筆誤嗎？（註：弘法大師是日本佛教僧侶，善書法，意指「智者千慮，必有一失」）

「『弘法大師也會有筆誤』？不不不，日怠井警部，這是『弘法大師不挑筆』的意思喔——更何況，我也無意踐踏對日怠井警部的承諾。因為對我來說，這是再自然不過的雙面作戰呢！」

再度回到鐵籠裡的今日子小姐還是老樣子，一點也不覺得自己哪裡做錯——不僅不見反省，還因為完全達成自己的目的，看來甚至更如魚得水了。

而且因為身上仍穿著警察制服。活像把警官關在鐵窗裡，就像是看著一個惡意的玩笑。不過，這場鬧劇究竟能演到什麼時候呢……

「今日子小姐，請恕我直言——我已經無法再袒護你的行為了。」

「哦？日怠井警部曾袒護著我嗎？那還真是給您帶來諸多困擾了。」

真是的。

然而，就連她那一而再、再而三的輕佻口吻，日怠井警部也已經無力奉陪——凡事都要有個限度。

忘卻偵探已經完全跨越了他的容忍範圍——不，是可以通融的範圍。

「基於以前曾經與你一起辦案的理由，我從前任手中接下這個案子……念在你過去的功勞，原本打算盡可能讓你好過一點。」

「功勞。還有這回事呢！我都忘了。」

「可是，這也到了極限，之後辦不到了。明天早上時間一到，我就會把這個案子移交給別人——賣弄推理小說的玩笑話也到此為止。你將會知道，名偵探並非特權階級——能像這樣想穿什麼就穿什麼，也只剩下幾個小時。睡著就會忘記？你最好別以為接下來的審訊會讓你睡覺。」

「唉唷，好可怕噢。」

「………」

他沒有要威脅對方的意思，而今日子小姐也沒有害怕的樣子。正因為如此，反而是日怠井警部感到過意不去——明知她接下來會受到什麼樣的待遇，他卻無計可施。

即使身為冤罪製造機，現在也有些當機了——要是能知道隱館青年到底逃往何方、忘卻偵探又交託了什麼使命給他就好了。

雖然也已經派了年輕的看守員追上去，但動作慢了那麼多拍，日怠井警部不認為還追得上。

「哎呀，您放棄了嗎？日怠井警部。這樣可不行喔！」

「不行？為什麼不行？」

「我說的『弘法大師不挑筆』，意思可是『兩枝筆都要選』哪——一面讓厄介先生為我跑腿，但在另一方面，日怠井警部要是不採取行動的話，我的『最快』就無法達成了。」

「……」

「電椅偵探就算坐在原地也會是最快的——我之所以不告訴日怠井警部握在左手裡的『東西』是什麼，是希望藉由刻意製造出的情報落差，讓日怠井警部能朝向與厄介先生不同的方向奔走——您快點不出發的話，我會很傷腦筋的。我不是說過嗎？這是雙面作戰。必須同時打開雙重密室的門才行，而不是一一破解。」

否則會趕不上明天早上移送的時間。

最快的偵探如是說。

2

什麼雙面作戰，只是腳踏兩條船吧。

想歸想，偵探的一番話聽在被「已經無計可施」的無力感擊敗的日怠井警部耳中，就像是在暗示他還有可以努力的空間，令他坐也不是、站也不是——畢竟他也不想只是束手無策地巴著鐵窗不放，直到最後一刻到來。

只可惜，日怠井警部不明白忘卻偵探在暗示什麼——她故意不透露太多，藉此控制住局面。故意只放出一點情報，藉此掌握住負責審訊的警官。多麼可怕的嫌犯。

話雖如此，她也不是從一開始就是這個打算吧——一定是在與隱館青年的交談間，才切換成雙面作戰手法的。

倘若給出同等份量的情報，日怠井警部和隱館青年可能會採取相同的行動，所以才適度地製造出訊息落差，打算讓兩者往不同的方向奔走。干冒背叛警方這種大不韙的風險，也要選擇較高的成功率——假設這是一種作戰方式好了，這樣能換得什麼成功？

無罪開釋嗎？還是換取不起訴處分呢？

至少也要能改變起訴內容——還是要爭取緩刑呢？

可是，這些選項似乎都不在今日子小姐的考慮範圍內……不管她說過的那句「我不打算被起訴」究竟認真的，還是講來做為已然開始的法庭攻防策略，她始終以偵探的角度出發，永遠只把焦點鎖定在破案。

進一步看，或許就是為了破案，她才用那麼強硬的手段來爭取日怠井警部的委託也說不定——如果是這樣，那才到底是「為了什麼？」

（刻意自投羅網嗎……）

腦中一片混亂，總之從能做的事、還沒做的事開始處理吧——日怠井警部決定先親眼檢視今日子小姐被關進獨居房時遭沒收的衣服及隨身物品。

既然今日子小姐不肯說清楚她希望日怠井警部做什麼、怎麼做，就別再指望她，只能先把理所當然的事做一做（話說回來，要是她說清楚了，自己反而不想任她擺布吧——這麼一想，還真是怎樣都逃不出她的手掌心）。

只是，現在要檢查她的隨身物品，也不會再是按照官方指南地瞎矇了。
這是在經歷過忘卻偵探與那位專家的會面之後的偵查——雖然最關鍵的部分尚且求而不得，但是「握著凶器是為了隱藏拿在另一隻手裡的『什麼』」的假設本身，仍具有傾聽的價值。

來・自・本・人・的死前留言。

假使被發現時，今日子小姐的左手真的握著「什麼」具體的「什麼」，應該沒有時間處理掉——假使一覺醒來時，已經被警察團團圍住，應該既不能丟掉，也不能藏起。

名符其實的「隨身」。

應該只能繼續緊緊地握在手中——正因為如此，忘卻偵探才不做抵抗，乖乖地束手就擒。這麼一來，那則「死前留言」，也就是「物證」應該就在她的隨身物品裡——

（雖然很像是「脫線的刑警」會做的牽強推理，但可能性應該不是零）

然而就結論來說，日怠井警部還是撲了個空。

當然，要是有什麼明顯可疑的東西，早就在搜身時找到了。所以能推測「物證」將會是嫌犯並未於命案現場握在手中時，混在其他物品裡也只讓人覺得平凡無奇的東西——問題是，今日子小姐就連這種「平凡無奇」的東西都沒帶。

幾乎可以說是兩手空空地束手就擒。

沒想到她做得這麼徹底，就連祕密組織的間諜，也會有什麼更能夠表現自我的隨身物品吧——這就是站在祕密主義的頂點，絕對嚴格遵守保密義務的忘卻偵探才有的模樣嗎。

（已經不是沒帶手機、沒帶記事本的程度了——）

除了衣服與現金，什麼也沒帶。

就連那套衣服，搭配起來的確很時尚，但一件件拆開來看，也不過是市面上到處都買得到的成衣，並非能特定出在何時何處買的限量品——而且還慎重地把標籤之類的都剪掉了，顯然不是為了不讓人知道怎麼洗吧。

至於現金的部分，則是連錢包也沒有的極端——瀟灑地用鈔票夾固定住的紙鈔和少許零錢都放在裙子的口袋裡。金額也沒多少——但也是足以支應人類一整天生活所需的金額。裡頭還夾雜著少量的外國硬幣，硬要說的話，也可以解釋成萬一有什麼緊急狀況，打算遠走高飛到國外用的……或者應該視為她只是準備周到。

不是美金，而是歐元這點也很酷。

又或者單純只是在歐洲工作時找的零錢。

（感覺除了賺錢與打扮，什麼也不相信呢……要與這種人對等地交換情報，根本是不可能的任務）

這個切入點失敗了。

恐怕是扔在半路上也不奇怪的「什麼」。

白忙一場——無妨，白忙一場本就是刑警的拿手好戲。刑警可是用腳辦案的。現場走百遍——事到如今，是否該走一趟案發現場的十木本公館呢？雖然深夜探訪，不禁讓人覺得沒常識也該有個限度，但是到了明天早上，日怠井警部就不能再負責這個案子——明明不是忘卻偵探，卻有時間限制——

不能再浪費時間說些五四三了。

對了，若說隱館青年衝出警察局要去什麼地方，不就是十木本公館嗎？

一旦意識到這點——心裡就只剩下這個可能性。

被囚禁的忘卻偵探（電椅偵探）無法去現場蒐證，只好派自己的專家前往現場——那麼，應該追得上。

可以逮住他——嗎？

嗯，這點還很難說（靜下心來想想，到底要用什麼罪名逮捕他啊）

日怠井警部不認為自己有本事逼今日子小姐開口，但是那名青年倒也不太像是極度的祕密主義者……「日怠井警部逮捕了隱館厄介」之類的展開顯然不在忘卻偵探的劇本內，但既然線索少成這樣，也只能那麼做了。

話說回來，要同時破解雙重密室根本是強人所難——

（…………）

假如用手指寫在壓克力玻璃上的訊息是指示隱館青年前往十木本公館，那麼託付給他的，就是內側的密室嘍——展示室的密室。

因為，如果有什麼是以緊握在左手的「什麼」為軸心能解開的密室，只有展示室了——「昨天的今日子小姐」是必須嚴格遵守保密義務的的忘卻偵探。倘若「因為被害人是委託人」是她之所以能突破第一層密室——不被警察崗哨的警官及巡邏的警車發現，侵入十木本公館的原因，那麼無論透過什麼方式，她都不會主動說明的。

不管是面對警察，還是面對專家。

這麼一來，就能反過來解釋，經由傳達訊息來託付給隱館青年的是展示室的密室——那麼用消去法來看，託付給日怠井警部的則是外側的密室。也就是要證明十木本未末正是偷偷地讓今日子小姐進門的委託人——再貪心一點的話，連委託內容都想知道。

要是能知道的話。

此舉有違忘卻偵探的職業道德，所以別想得到她的協助——嗎？

儘管心裡仍有不安，但是日怠井警部總算找到在造訪十木本公館之前能做的事了……仔細想想，萬一隱館青年真的去了十木本公館，也無法突破第一層密室——由警方所形成的包圍網才是。

更別說是剛發生過命案的戒備體制——要是真被他突破的話，就不能再稱他為冤罪被害人了。

3

還真的被我突破了。

當然沒想過任何對策——我在今日子小姐的催促下，不管三七二十一地衝向十木本公館，但是針對要如何溜進受到公權力保護的公館內部這點，遺憾的是她什麼也沒告訴我。

沒有概念，也沒有計畫。

饒是最快的偵探，要趁站在正後方的日怠井警部不注意，一瞬間所能表達的訊息還是很有限——不，或許不是那樣的。若真想要表達，今日子小姐應該可以在那個會客室，當著日怠井警部的面，給我更具體的提示——不，不只是提示，乃至於明確的解答。

「我打從一開始就知道這個案子的真相了」——那句「常有的那個」的確是平時的「常有的那個」，然而，讓我這個專家來說，當今日子小姐說出這句關鍵性台詞，絕不是什麼「一開始就知道了」（包含反唇相譏「為什麼要說那種謊？」在內，都是與像我這種助手之間的固定橋段），然而，當她說出那句關鍵性台詞時，通常已經解開謎底了，這也是無庸置疑的。

即使不是從一開始就知道，今日子小姐也已經得知案情的真相——既然如此，為何不明說？

是因為擔心在名為警察局的密室中，處於被囚禁的狀態，再怎麼解釋「案情的真相」也會被搓湯圓搓掉嗎——也是，回顧歷史，的確發生過許多類似的冤案，不能說她過於杞人憂天。正因為如此，才會找我這個第三者當證人吧——然後在判斷我值不值得信任之後，讓我為她跑腿。

為了讓證據牢不可破。

今日子小姐相信，至少可以讓隱館厄介為她跑跑腿……這裡就老實地表現出喜悅吧。

然而，今日子小姐實在是小心到了極點。

我是前往十木本公館了，但是還無法確定這個行動到底正不正確……她也很清楚背對著日怠井警部、隔著壓克力玻璃向我傳達訊息是很不牢靠的作法，因此才不直接寫下緊握在左手的「什麼」是「什麼」。

將其暗號化。

具體的內容則如下。

「1234」

……今日子小姐用自己呼出的氣讓玻璃起霧，以自己的食指寫下的就只有這麼四個數字——一千兩百三十四？

不，是日怠井警部察覺有異的時機比想像中快吧。

說不定今日子小姐其實才寫到一半，卻因為被察覺而不得不把壓克力玻璃上的字擦掉——因此不見得是「四位數」，也可能是沒寫完的五位數，不過，在這種情況下，她想表達「一排數字」的意圖已昭然若揭。

密碼。

大概是命案現場——也就是十木本公館內的展示室密碼。

提到「1234」，可說是與生日或電話號碼不相上下，最具有代表性的「不能設定為密碼的數字」，所以可能必須繼續套用某種方程式，將這組數字變成最佳解吧——為此，必須親眼看到展示室被撬開的門才行。

現場蒐證。

……透過我與今日子小姐（單方面）不言自明的默契，頂多只能推敲到這裡，至於要怎麼進入那個展示室，我則一點頭緒也沒有。

這下子該怎麼做才好。

對我而言，雙重密室的外側是難以攻陷的銅牆鐵壁——再也沒有比巡邏車或警察崗哨與冤罪體質的青年更八字不合的組合了。光是靠近就很可能被捕，要是日怠井警部猜出我的逃亡路線，事先通知其他員警的話，我可能已經被通緝了——通緝命令已經傳遍整個聯絡網。

就算是這樣，我也不能放慢腳步。

我不認為背叛得那麼露骨的今日子小姐還有心情繼續五顏六色的換裝表演，而日怠井警部如果打算追過來（或是派出追兵過來）的話，要是我不快點達成目的，遲早會被抓。

遭到逮捕。

我了解自己。一旦遭人逼問今日子小姐對我說了什麼，我大概會據實以告——更何況對手還是那位日怠井警部，怎麼可能不講出來。

雖然情非得已，在今日子小姐未必是因為「身為階下囚，不能完全相信警察」而不肯完全公開腦中情報的情況下，我想堅持到最後一刻。

倘若忘卻偵探有什麼想法——在她忘記之前，我得全力以赴才行。

……不過，她給我的線索仍有許多隱而不顯之處，所以說今日子小姐儘管巧笑倩兮，其實誰也不相信——因為她連「1234」代表的具體的、物體的「什麼」是什麼也不肯告訴我。

大小可以收在今日子小姐掌心裡，多半是在手裡（檢查隨身物品時被沒收）也不可疑的東西……又或者是隨手往旁邊一扔也不會不自然的東西……

遲早會真相大白。

又或者她打算讓日怠井警部調查那部分吧——專家一看就知道，今日子小姐對日怠井警部雖未完全推心置腹，終究有著一定的信賴。

並非只是隨便敷衍他……他也有他要扮演的角色。

分工合作——與其說是分工合作，也有點像是藉由把一個任務拆成好幾塊再分配給不同人，好讓每個人都無法搞清楚自己在做什麼……完全是祕密組織的手法。

這麼一來，自己可能是在不堪設想的犯罪裡插上一腳……一想到如此危險性，便覺得無法再麻煩中立公正的記者——圍井都市子小姐。

再怎麼樣，也不能讓她成為私闖民宅的共犯。

因此，我雖然找到十木本公館的地址（這點小事根本難不倒我——只要利用地圖即可），像這樣風塵僕僕地趕來，卻完全不知道下一步該怎麼走。

然而，我的不知所措也只是一瞬間的事。

「喂，你是隱館厄介先生吧？能跟我來一下嗎。」

正當我裹足不前，不知如何翻越名為現實的高牆，不對，是名為現實的高山之時，聽見這樣一句話——我心想，萬事休矣。

為了不被發現，我與十木本公館保持著比「適當」還遙遠的距離，但我太小看自己的冤罪體質了——只怕不是被我視為最大難關的警察崗哨，也不是被確保案發現場的警衛發現，而是被平常執行深夜巡邏的警察發現了——雖然我感到絕望（這麼一來又要失去好幾個小時的自由了），但結果事情完全不是我想的那樣。

從背後叫住我的，該怎麼說呢，是一位穿著樸素和服的老婆婆——身高大概只有我的一半，個頭很嬌小的老婆婆。

但也不能因為對方是老婆婆就掉以輕心。雖說不是警察，但我前陣子才因為對方是「看起來很和善的老先生」而掉以輕心，因此吃盡了苦頭——我可不是忘卻偵探，所以還牢牢記得那個教訓。沒道理因為是老先生或老太太就掉以輕心。

更何況，老婆婆也不是「看起來很和善的老太太」——她彷彿在掂量我的價值般，充滿戒心，從頭到腳仔仔細細地把我打量了一番。

憑她的身高，要把我從頭到腳打量一番也不是一件容易的事。

沒想到，老婆婆突然間轉身往前走——該說是健步如飛嗎，其腳程意外地快，從她的身材著實難以想像。是會在高速公路上開快車的老婆婆嗎。

怎麼，她是要我跟她走嗎？

換作平常，即使不是在緊急的狀況下——即使不相信都市傳說，也不能傻傻地跟著在三更半夜突然向自己搭訕的老婆婆走。

但她是指名帶姓地喊我。

隱館厄介。

就連我本人，也不認為她喊的是與我同名同姓的人。

無論如何，繼續留在原地不動，可以想見遲早會遇到真正的警方盤查。卡關是事實——心想隨便什麼都好，還是要有點變化——於是我彎腰駝背地追上老婆婆筆直的背影。

像是要從十木本公館的正面往側邊繞個大圈時，老婆婆又開口說。

「我叫管原，管原壽美。是少爺的奶媽。」

奶媽？

現代很少聽到的頭銜——需要古典的知識。

相當於現在的褓母吧？因為她說了「少爺」，可是——等等？

正當我將自己的駑鈍發揮到淋漓盡致之時，老婆婆——管原女士帶我走到十木本公館的後面。

「有難言之隱的人都是從這個側門進去的。」

管原女士把乍看之下只是普通圍牆的接縫處往旁邊一拉——牆壁動了。

「…………」

我看得目瞪口呆。

與其說是側門，更像是後門，不對，根本是密道吧——這個展開彷彿正嘲笑在會客室裡密室來密室去，對推理小說誇誇其談的我們這些偵探、刑警和專家。

居然有密道。

這是禁忌中的禁忌吧。

於此同時，儘管慢了好幾拍，我知道老婆婆是何方神聖了。因為她自稱奶媽，讓人一下子反應不過來，簡而言之，她正是本案的第一發現者——十木本公館的「管家婆婆」。

「管家婆婆」。

和「奶媽」一樣，都是把良家婦女的樸實感推到最前面的頭銜——光是這樣就足以令我膽怯。

先我一步走進圍牆另一邊的她，沒好氣地對膽怯的我招手。

「嘿，快進來啊，被看見也沒關係嗎？」

從她那冷冰冰的態度，實在感受不到良家婦女的樸實，但是算了，會被安排從後門進屋，就顯然我並不是「客人」，所以就這樣吧。

可是，既然不是客人，她為什麼要讓我進門？

不過，我倒是知道她比警察早一步發現我的原因了——雖然我小心翼翼地不要靠屋子太近，但是從屋子的二樓或三樓的角度，反而可以把我的位置俯瞰得清清楚楚。

說穿了，人高馬大的我並不適合偷雞摸狗的行為。

然而，管原女士卻未立刻報警，還親自把我這個可疑分子領進屋，她心裡到底在想什麼，我實在猜不出來。

還有，她怎麼會知道我的名字。

這才是最大的問題。

難道是日怠井警部直接打電話給屋子裡的人？說有個名叫隱館厄介的可疑分子正朝那邊去——想來雖然合情合理，但如果是那樣的話，抓住我的應該是剽悍的警官，而不是個頭嬌小的老婆婆。

雖說不入虎穴，焉得虎子，但是到底該不該跳進這個密道，我一時半刻決定不了——可惡，如果是最快的偵探今日子小姐，才不會在這種小地方裹足不前。

見我懷著忸怩不安的心情傻在原地，管原女士或許是看不下去，一臉無奈地聳聳肩說道。

「你的事是少爺告訴我的。我不會害你，也不會吃了你，所以別再拖拖拉拉，可以多快就多快吧——忘卻偵探的搭檔。」

少爺告訴她的？

不是日怠井警部？

根據這句話的脈絡，她口中的「少爺」無疑是遇害的高等遊民，硬幣收藏家十木本未末……剛才還是「龜井加平」先生的他——認識我？

認為我是——忘卻偵探的搭檔？

「…………」

迷霧愈見深重，但是她都這麼說了，身為專家，也只能接受這個邀請。如此這般，我得以突破銅牆鐵壁的重重戒備——或該說「不得不」突破第一層密室。只不過，現階段還不清楚十木本委託忘卻偵探什麼事。實在不覺得引領我進門的老婆婆會乾脆地告訴我……而且我的腦袋已經被展示室這個第二層密室塞滿了，所以只能一廂情願地祈禱，如果可以的話，希望日怠井警部能解開那個謎題。

完全猜不到接下來會發生什麼事。

4

看樣子，大致可以看到輪廓了。

身為警官，腳踏實地的調查終於開花結果——倒也稱不上，只是想到什麼就摸索一下，總算瞎貓碰上死耗子——這麼說，大概還比較貼近現實。

不必動用忘卻偵探的網羅推理，也已經足以證明日怠井警部此刻正受到她的操縱。

實在不想這麼說。

他做的事很單純，就只是打一通電話而已——當結束「重新檢查嫌犯遭沒收的隨身物品」這項從結果而言著實愚蠢的作業之後，日怠井警部冷不防想到，可以從相反的角度來思考。

不是拿著什麼。

而是思考她沒拿什麼。

……當然，連間諜都難以望其項背的今日子小姐幾乎什麼都沒帶。沒有手機，也沒有記事本，頂多只有現金而已，極簡生活得十分徹底——然而日怠井警部留意到，這麼說來，沒有「那個」就有點奇怪了。

至少上次一起辦案——誤把隱館青年當成兇手逮捕時，忘卻偵探就帶著「那個」。

帶著——自己的名片。

日怠井警部還記得自己接過她畢恭畢敬遞出的紙片。

（…………）

還不確定沒收的隨身物品中沒有名片代表什麼（是用完了嗎？還是刻意不帶呢？）日怠井警部三步併成兩步地回到自己的辦公桌。

他不是個很愛惜東西的人，但也不是善於清理東西的人——因此，當時收下的名片應該還塞在抽屜裡。

找到了。

「置手紙偵探事務所所長」

「掟上今日子」

還有「無論什麼案件都能在一天內解決！」這個強而有力的宣傳標語（正確來說應該是「只要能在一天內解決，什麼案件都可以！」吧）及地址、電話號碼。

電話號碼。

理論上，打這通電話是愚不可及的行為，因為名片上的人此刻正關在地下室的拘留所裡，就算打電話過去，也不會有人接聽，毫無意義可言，只是浪費時間。等於是把已經所剩無幾的光陰白白蹉跎掉。

至少稱不上是前無古人、後無來者的大刑警會做的事，但日怠井警部還是拿出手機，輸入那組號碼——期待會發生一些變化。

果不其然。

「您好，這裡是置手紙偵探事務所。今日子現在不在事務所。」

電話只響一聲就有人應答——至於這符不符合他的期待則很難說。

「呃……啊，那個。」

一絲不苟的說話方式，頓時讓日怠井警部聯想到照本宣科的電話答錄機，可是那個忘卻偵探不可能採取這種「會留下紀錄」的聯絡方式……這不是電話語音，是活生生的人聲。

但不是今日子小姐的聲音，甚至不是女性的聲音。是男性，而且還是低沉的聲音。

「如果您有事要找今日子，請稍後再打過來。如果是十萬火急的要事，請在您可以透露的範圍內，留下電話號碼，再由今日子回電。」

倘若日怠井警部屬於粗獷、不拘小節的類型，電話那頭的人物則給人正直而誠實的印象——讓人忍不住想藉助其力。

「的確是十、十萬火急的事，而且沒有時間等待回電。」

對方是何方神聖？不難想像是置手紙偵探事務所的職員——真有人能在那個使喚人從沒在客氣的今日子小姐手下正常地工作嗎？就連乍看之下對忘卻偵探十分傾心的隱館青年，在這方面也與她保持著一定的距離——

（可以確定的是並非華生或海斯汀——忘卻偵探沒有固定的助手。既然如此……）

既然如此，莫非是相當於哈德遜夫人或萊蒙小姐的人物嗎？不過兩者都是女性……雖說由男性來扮演這個角色也沒什麼問題。

「呃。就算您這麼說，但如同我先前所述，今日子目前正因工作外出——啊，不。」

不知何故，電話那頭的人物講到這裡突然噤聲，然後又接著說。

「或許不能說是工作——總之她不在，一切得等她回來才能處理。」

他當然知道。因為當事人此刻正在地下室的拘留所裡滾來滾去。

不過，對方口中的「或許不能說是工作」並不是指這件事吧——那麼，這句話是什麼意思？

感覺抓到了線索。

「不好意思，我是千曲川署搜查一課的日怠井。」

一旦抓住就不能放手——總之，為了不讓對方感覺可疑而掛斷電話，日怠井警部自報家門。不過，倒也沒指望對方會自我介紹。

「這真是，讓您主動說明，實在不勝惶恐。反而是我太失禮了。我是今日子的警備主任，負責保護她的安全，敝姓親切。」

對方也報上名來。

警備主任——嗯，是有需要。比起助手或房東或秘書都更能理解。忘卻偵探身上背著各種機密，因此事務所存在著相對嚴密的保全機制也並非不自然。

也可以說是負責看家的男人吧。

「可是日怠井先生，請容我再重覆一次，今日子現在——」

大概以為是警察打來委託她協助調查，正直且誠實的聲音主人——親切警備主任萬分抱歉地說。抱歉歸抱歉，但態度堅決，絲毫不為所動，真希望某個負責看守拘留所的年輕人能向他學習。

「呃，不是這個意思——」

日怠井警部遲疑了。

想當然耳，電話既然奇蹟似地接通，日怠井警部自然希望親切警備主任提供線索。

說得坦白一點，是想要向他尋求幫助。

不惜用各種方式——然而，讓身為保鑣的警備主任知道忘卻偵探現在因強盜殺人的罪嫌遭到逮捕一事到底恰不恰當，一時半刻難以判斷。

可能會讓對方已經夠頑固的態度變得更強硬。

站在保護今日子小姐的立場上，應該不可能對她遭到拘留的現狀不以為意吧——況且，日怠井警部實在沒有自信，自己能好好表達今日子小姐其實現在根本沒個拘留樣子的悲傷事實。

不如說日怠井警部希望對方能協助自己防止狀況惡化……有沒有什麼辦法，可以從這名保鑣口中問出今日子小姐正在處理的工作內容呢。

打聽——不，這可是審訊。

隔著電話，難度更高了。

（是要聽天由命，還是想到什麼就說什麼呢——）

「關於忘卻偵探目前正在調查，來自十木本未末先生的委託，有幾個問題想請教，所以才打這通電話。」

日怠井警部直搗黃龍。

與其說是虛虛實實地套話，不如說有八成都是虛張聲勢。

「我目前正受今日子小姐所託，幫忙調查那件事——」

這句話不能說是謊話，但更不是實話。正確的說法是明明已經因為「那件事」逮捕今日子小姐，卻還委託她「協助調查」，處於剪不斷、理還亂的奇妙狀態。

「…………」

親切警備主任並未立即回答。

果然還是把事情想得太簡單了嗎。

不，考慮到置手紙偵探事務所絕對會嚴格遵守保密義務的性質，即便是專屬的保鑣，可能也無法完全掌握今日子小姐的工作內容——不是可能，應該是八九不離十。

既然如此，再怎麼緊緊抓住這一線希望不放，終究還是無法釐清被害人與嫌犯的關係嗎——日怠井警部想，但就在此時。

「請等一下。我再回撥給您。」對方唐突地掛了電話。

再回撥給我？怎麼回事？郵差上門來送信嗎？在這種三更半夜——還沒來得及覺得訝異，如他所說，電話馬上就打來了。

只不過，不是打到日怠井警部的手機，而是打到辦公桌上的固定電話。

哦，原來如此。

簡單來說，對方藉此確認他的身分——有道理，光靠手機的來電號碼，又沒有出示警察手冊，只說「我是千曲川署搜查一課的日怠井」，無關虛實交錯，也無關虛張聲勢，一切都太可疑了。

因此親切警備主任才會重新打到這支固定電話，只要自己馬上接起來，就能讓對方產生一定程度的信賴。這名負責忘卻偵探安全的男子，不愧是忘卻偵探可以在出門時把事務所交給他的人，看來頭腦十分清楚……日怠井警部坦率地為他的機智與周到感到佩服，拿起話筒。

「喂，我是千曲川署搜查一課的日怠井。」

「……您好，敝姓親切。」

親切警備主任稍微停頓了一下，如此回答再次自報家門的日怠井警部——不自然的停頓。

（該不會還連上電腦，進行聲紋鑑定，判斷跟剛才是同一個人才繼續通聯吧……？）

這是十分有可能的推論，沒人能保證他不會做到這個地步——為了保護保密到家的忘卻偵探，小心駛得萬年船。如此一來，要從對方口中問出想知道的情報幾乎是不可能的任務——日怠井警部半放棄地開始在腦海中思考下一步該怎麼走。

「接下來就向您報告十木本未末先生的委託內容，請問您手邊準備好紙筆了嗎？」

警備主任說。

向我報告？準備好紙筆？

這句話令沒準備紙筆不打緊，連心理準備也沒做好的日怠井警部手忙腳亂——還忍不住反射性地問了一個多餘的問題。

「可、可以嗎？」

「可以。」

親切警備主任回答得雲淡風輕。

「這下子又要被開除了，不過請不要放在心上，到被開除之前都是我的工作。」

「…………」

「不，被開除之後才是我的工作吧。總而言之，比起我被開除，更重要的是今日子小姐的人身安全。」

「…………」

這種忠誠度著實有點危險，是現代的民主主義國家不太會有的忠誠……日怠井警部心想這下更加不能讓他知道今日子小姐目前已成階下囚的事實。一個不小心，就換成自己的生命有危險了。

話雖如此，對方似乎也已經理解到事情非同小可——還是他早就預料到會發生這種事？

「還有，我想您也明白，既然我已經知道了，就表示接下來要說的話，再也不是什麼祕密——如果這樣也沒關係的話。」

「當、當然沒關係。請務必告訴我……」

「十木本家的公子——十木本未末委託今日子小姐幫忙蒐集收藏品。」

親切警備主任簡單扼要、不賣關子，但又與心急如焚的日怠井警部恰恰相反，以自己的步調如是說——蒐集收藏品？

對了，被害人同時也是硬幣收藏家……原來如此。

親切警備主任說得輕描淡寫，但是話又說回來，的確也只能想到這樣的委託內容。

日怠井警部至今始終直覺認定忘卻偵探只接刑案，但她又不是刑事部的刑警。倘若所有調查都在她的業務範圍內，就跟找人或找寵物一樣，尋找稀有的錢幣也會是偵探的業務之一。

反而是直到剛才都沒想到才不可思議——對日怠井警部而言，委託的內容為何都不是重點。之所以要問清楚，只是為了證明「被害人委託過嫌犯」而已，只要能證明這一點，就是一百分。

等於突破了第一層密室。

只要與屋子裡——而且還是屋子的主人裡應外合，要瞞過警察崗哨和巡邏員警的眼睛溜進去倒也不是一件難事。

（應該沒有暗門或密道吧——）

十木本之所以要那麼躲躲藏藏的，若說自然也誠屬自然。

畢竟這牽涉到他的生存價值——也就是收藏品。十木本身為高等遊民，同時也是業界名人，光是「他在找什麼」或「他找到什麼」這種不著邊際的消息傳出去，可能就會在社會上掀起軒然大波。

所以才找上忘卻偵探嗎。

沒帶名片也是為了更徹底保密……？

密室中的密會。

（看樣子，大致可以看到輪廓了——）

日怠井警部終於可以沉浸在總算把一塊拼圖拼上去的感覺裡。

「不過，這只是檯面上的委託。」

親切警備主任接著說。

「真相並非如此。」

並非如此？

5

真相似乎並非如此。

現狀——或說是異常的現實讓我不得不這麼想。原本像我這種非高等遊民的一般庶民，根本沒有機會踏進這般奢華的豪宅。

原本看到外觀時，心想大概會是一棟像是出現在推理小說裡的建築物，但從後門進到裡面一看，發現早已超出推理小說的範圍，簡直像是世界遺產的宮殿。牆壁、天花板、樓梯和扶手明明都充滿了歲月的痕跡，看起來卻有閃閃發光的感覺。還有絕非只是用來裝飾的暖爐和撞球台，全都氣派地經過時代的洗禮。

事實上，據管原女士所說，這棟歷史悠久的建築似乎是從海外移築過來的——感覺就像在警告他「所以請不要隨便亂碰」。話說回來，樓梯旁裝了電梯、到處都有最新型的空氣清淨機，許多地方都已經改建得很現代化……

走廊的牆壁上還掛著肖像畫。

好幾幅畫並排陳列，起初還以為是用來懷念身為資產家的十木本家歷代祖先，但仔細一看，每幅畫都是同一個人，從小時候一路畫到長大。跟著老婆婆，走在掛滿一整排畫作的走廊上，看到的最後一幅是四十出頭的壯年，看來這些畫作顯然是這次遇害的豪宅主人——十木本末末的肖像。

既然是繪畫，難免經過某種程度的美化，但依舊是會令人看到出神的稀世美男子。

再加上可以說是家世的關係嗎，散發出一股中世紀的貴族氣息。

從「龜井加平」這個化名開始，即使知道本名以後，仍舊有些模糊難辨的「命案被害人」形象終於與視覺產生連結——在倒抽一口氣的同時，也無法不感受到一股不尋常的氣氛。

嗯……

呃，其實沒問題，其實這是個人的自由，但是依照年份把自己的肖像畫掛在自己家的走廊上，到底是有多自戀啊……？

一般庶民難以理解的感性。

感覺很有事，似乎內幕重重……在另一方面，又覺得很膚淺……

「怎麼啦？就是這個房間。不進來嗎？有話進來再說。」

我只是稍微停下了腳步，走在前方的老婆婆立刻射來帶刺的一聲——雖然我沒有這個意思，或許還是被她眼尖地看穿我對「少爺」抱持批判。

想到不能放過這個好機會，才在她的帶路下跟著進了屋，但仔細想想，這位老婆婆可是命案的第一發現者——換句話說，也是害今日子小姐被捕的罪魁禍首。

從其立場來看，由她這個奶媽從小照顧到大的「少爺」遭到「今日子小姐殺害」，而不知何故，又認為我是今日子小姐的「搭檔」——她雖然說不會吃了我，但從這點來判斷，在這裡向我「報仇」也不奇怪。

我不禁發起抖來，回頭張望，再把四周圍環顧一遍，屋裡似乎沒有其他人。看來警察並不打算踏進屋子裡——反過來說，屋子裡享有治外法權，不，根本是三不管地帶。

一旦進入密室，就都是發生在密室裡的事——我做事也太欠缺考慮了。都說是奶媽了，那就跟親人沒兩樣。

就算今日子小姐真的有罪，但因此被害人遺屬對我動用私刑，未免也太冤了——還是說，搭檔也跟親人沒兩樣呢？

果然還是這點令人摸不透。要是能想通這一點，我也不會傻傻地跟著她闖進這個莫名其妙，有如閻羅殿的密室裡——「少爺」認識我，這到底是怎麼一回事？

一頭霧水地被帶到三樓最裡面的這個房間，看似是客房。以有錢人的說法，該說是招待所（Guest House）嗎——宛如飯店的一個房間。看樣子，她並不是把我當客人接待，純粹只是把我帶到最後面，最不會被人看見的房間——不會被在屋外巡邏的警察發現的房間。

「沒什麼可招待的，沒關係吧？反正你也不是來喝茶的。」

管原女士如是說，往厚重桌子周圍的椅子一坐——我雖然滿心疑惑，也同樣在她正前方的椅子坐下。

我的確不是來喝茶的，此時只能屏息以對。

接下來會發生什麼事——得做好最壞的心理準備才行。

雖然感覺情況已經夠糟了。

「哼。果真如少爺所說，是個鬼鬼祟祟的男人呢，你這傢伙。」

老婆婆毫不掩飾地對我畏畏縮縮的態度表現出輕蔑之意，話也說得極不客氣——在法國被和善老人騙，這次又在故國被壞心眼的老婆婆欺負。

而且又來了，「少爺」。

為何素未謀面，直到剛剛才拜見他的尊容，一個小時前才聽過他的名字，半天前連他的存在都不知道的富家子會對我品頭論足呢，而且還是惡毒的批評——我是這麼有名的人嗎？

怎麼也想不明白。

假使十木本是今日子小姐的委託人，為了委託她某件事，調查過忘卻偵探的可信度（假使在委託偵探調查以前，先調查偵探本人），那麼我這個常客浮上水面也不足為奇……是嗎？

雖說是絕對會嚴格遵守保密義務的偵探事務所，但我這種客戶還是很特殊，就算今日子小姐的口風再緊，消息還是有可能從她身邊的人走漏出去。說得極端一點，即使今日子小姐忘了，當事人如我，也記得委託她解決的案件內容，自然有可能不小心向朋友說溜嘴。朋友再把我的經驗談不小心告訴他的朋友。因此，就算無法打探出委託內容的細節，要打聽到我這個委託人倒也不是件難事——可是，就算是那樣，也是非常辛苦的調查。

為了調查此事，還得雇用其他偵探——不過嘛，既然住在這種房子裡，或許有金山銀山可以揮霍……

而且還不是把我當成「常客」而是「搭檔」，可能連我的委託內容都摸清楚了。以最近來說，無非是發生在法國的那件事……不。

無論我受到誰、因為什麼、得到怎樣的評價——即便對我有疑似冤枉的偏見，在目前這個狀況下，有句話我非說不可。

不管要做什麼，或被做什麼，都等我說完這句話再說。

「……首先。」

「什麼？」

「首先，呃……關於十木本未末先生的死，我深感遺憾，請節哀順變。」

說出來了。有什麼話都得先從這句話開始。

老實說，常識也告訴我，現在或許不是說這種話的時候，但不管怎樣，有人死了。無論是什麼樣的人，無論這個人對我有什麼看法，這句話都不能省略——更何況這個坐在我前面，說是態度惡劣也不為過的刁鑽老婆婆才剛失去與親人沒兩樣的「少爺」。

她應該無法保持正常的精神狀態——能保持才奇怪。

如果是冤罪體質的我，或是以此為業的今日子小姐或日怠井警部倒還罷了，所謂「命案」對普通人也許是一輩子都不會碰到一次的大事。

更何況還是強盜殺人案。

應該寬容地面對她的刁難與惡劣——這麼說來，「懷疑第一發現者」可真是超級沒人性的一句話。

只是，在這種進退維谷的情況下還保持禮節的態度或許不甚合乎常軌，只見管原女士愣了一下，一臉茫然，然後看似無奈，接著面帶苦澀地說。

「這種場面話，我還是第一次聽到呢。」

從這句話的語氣聽來，她或許不是無奈，而是真的瞧不起我。

不會看場合說話是我的老毛病了，所以這也沒辦法，可是——

「……？第一次？」

這個部分我有點不能接受。

不可能吧。

被害人十木本又不是孑然一身、離群索居，除了我，理當還有其他人對他的死於非命表示哀悼之意吧——即使警方尚未將這件事公諸於世，應該也已經通知親近的人……

……難道不是沒有通知，而是沒有人可以通知嗎？

沒有親近的人？

我再次意識到屋裡沒有其他人的事實——意識到這異樣的事實。

屋子裡沒有警察進駐一事還算可以理解——可是，像這種時候，被害人的親戚不是應該放下一切趕來嗎？因為他非但不是孑然一身、離群索居之人，還出自聲名顯赫的世家、大型銀行創辦人家族——不。

佯裝不知才更殘酷吧。

高等遊民、敗家子、不務正業的人、收藏家……這些連頭銜都稱不上的頭銜無法給人太好的印象這點，我不也一樣嗎——就算親戚對他敬而遠之，我也沒有對此不以為然的資格。

別說是哀悼之意了。

就算覺得他活該死得好也不奇……這麼說來，明明還有其他住在這裡工作的佣人才是。除了「管家婆婆」管原女士以外都被支開的狀況，也更加平添了一股悲涼。

密室中——這個「家」裡。

那麼，剛才她那瞧不起人的表情，也許其實是自嘲的笑容。自嘲於第一個向自己費盡心思帶大的「少爺」之死表示哀悼的人，竟是像我這種莫名其妙的傢伙這種現實——

「那個……我該說什麼才好？」

「你就是這樣，才會被少爺視為眼中釘吧。」

老婆婆打斷不知是否該道歉，支支吾吾的我（鬼鬼祟祟的人）說道。

「視……視為眼中釘？我嗎？」

這是怎麼回事。

明明我甚至開始同情他，但他不僅認識我，還視我為眼中釘，實在無法聽聽就算了——雖說隱館厄介已經習慣受到周圍莫須有的懷疑，可是竟然有連周圍都不是，根本素昧平生的人也視我為眼中釘，讓我真的無法接受。

如果只是用白眼看我還好……

「眼中釘有點誇大其詞了，頂多是視你為RIVAL（好對手）吧。」

或許是不忍心見我受到太大的打擊，管原女士用她顯然不常用的外來語重新闡述一遍——但那並不能緩和我受到的衝擊。

到底是為什麼？大銀行的創辦人家族成員之一，怎麼看在生活上應該都不會有任何不滿或不自由，與貴族沒兩樣的男性，為何會把找不到工作又有冤罪體質的我當成眼中釘——視我為好對手呢？

不，把身為強盜殺人案被害人的他當成宛如出現在推理小說登場人物表上的「第一位被害人」那樣，單從片面的簡介去理解他是不對的，應該也要理解高等遊民也有高等遊民的煩惱及痛苦，但……就算是那樣，我過的也絕不是絕頂幸福的人生。

壓根兒不記得自己做過什麼會被視為眼中釘的事。

我完全不會威脅到他——這麼嶄新的找碴理由，這輩子蒙受過無數不白之冤的我還是第一次遇到。

「什麼找碴，太過分了。你根本不知道少爺的心情。」

「不、不是，我當然不知道……可是我真的心裡完全沒個底啊。」

不然請讓我找偵探來——這句話幾乎要脫口而出時，管原女士說。

「你是少爺羨慕得不得了，卻又無法成為的人——忘卻偵探的搭檔。」

管原女士咬牙切齒地——恨聲說道。

彷彿要把遲鈍的我咬碎般。

「難不成……」

搭檔。忘卻偵探的搭檔。

然而被她這樣緊咬著不放，終於讓我抓到重點了。

雖然覺得可能性極低，但倘若冤罪體質的我有什麼值得誇耀的事，還真的只有這件事——也只有這件事。

「難不成十木本——想成為忘卻偵探的搭檔嗎？」

第十話 掟上今日子的搭檔

&

第十一話 隱館厄介的搭檔

1

（完全無法認同——）

日怠井警部心想。

不，豈只無法認同，根本是已達反感的無法理解——居然有人想成為忘卻偵探的搭檔，再怎樣也太瘋狂了。相較於自己正因為不想成為襯托名偵探的角色，才這麼拚了老命、焦慮不安，簡直形成強烈的對比。

到底在想什麼。

不，那個委託人——那個被害人到底過去在想什麼。

「是的。話說回來，十木本先生起初也只是純粹的委託人，我身為保鏢的雷達並沒有感應到什麼不妥。只是為了讓收藏品更豐富，前來求助今日子的技術——搜索的技術與忘卻的技術。不多不少，就只是這樣而已，從未超出這個範圍。」

親切警備主任輕描淡寫地說。

從他的語氣，無法判斷他對這件事有什麼看法——不知他是否能夠理解十木本的心情。

「只是，十木本先生似乎在一再借助名偵探的力量蒐集錢幣的過程中被吸引了——被名偵探的生活方式，以及忘卻偵探的生存之道所吸引。」

「……」

天底下哪有這麼蠢的事——日怠井警部條件反射地想大聲說出這種感情用事的結論，但理性告訴他，也不能一概否定。

因為他看到實例了。

隱館青年的例子固然有些極端，然而千曲川署中也有不只一兩個願意在職務範圍內給她方便的警官。當然，對大多數警官而言，她只是一名嫌犯——只是一名棘手的嫌犯，但就算有人對她即便被關在鐵籠裡，也能保持平常心，看起來依舊過得輕鬆自在的模樣產生莫名其妙的崇拜心理也不奇怪。

「因為我用的是『搭檔』這種推理小說裡才會出現的說法，或許有些難以理解也說不定，不然暫時換成『想和她談戀愛』或是『想成為她的男朋友』也可以，我想會比較有助於理解。因為就『迷上她』這點來說，其實意思是完全相同的。」

「………………」

這麼說來，日怠井警部想起有些推理小說會把名偵探的助手這種角色描寫成「賢內助」——嗯，真要這麼說的話……的確比較容易理解，可是與事實大有出入……

有錢人家的大少爺，不知民間疾苦的高等遊民，對過了三十歲才遇見的守財奴異性一見傾心，要說是常有的事，倒也是常有的事。看在將整個警察署玩弄於股掌之間的今日子小姐眼中，要對付那樣的高等遊民，就跟對付三歲小孩沒兩樣吧……

「呃，您似乎有所誤會，請容我訂正一下。今日子從第二次以後，就不再向這位委託人收取費用了。」

「什麼……！不可能！這肯定是騙人的！」

忍不住激動起來，不由分說地駁斥這個說法。

就連在獨居房裡也要收委託費的那個偵探，怎麼可能不向有錢人收錢！不過，他馬上恢復冷靜——第二次以後？

「是的。因此，就算我這樣喋喋不休地全盤托出，也不算違反職業操守——既然沒有金錢的往來，他就不算是置手紙偵探事務所的客人。」

彼此沒有任何關係。

親切警備主任說。

「十木本先生自從第一次委託以後，就一而再、再而三地前來委託忘卻偵探協助蒐集收藏品——但那其實只是藉口，亦即所謂的名目。因為這麼一來，就能邀請今日子小姐去他家，而且是祕密的邀請。避開周圍巡邏的警察耳目，或許是如此邀請今日子小姐進屋時，會有一股幽會的快感吧。」

……把名為豪宅的密室當成炒熱氣氛的舞台裝置來用啊。如果是這樣，同樣身為警官的他實在感覺很不舒服。

「話雖如此，但今日子完全不想搭理對方，所以也稱不上幽會——但是不管碰了再多次釘子，反正忘卻偵探第二天就會連同受到追求的事都遺忘。

所以只要以委託她蒐集錢幣為名相邀，她便會一再地前往十木本公館的展示室赴約。」

「……………」

一直被同一位女性拒絕的有錢人，聽起來著實有些荒謬，但也同時感受到某種笑不出來的執著……固執地想成為搭檔的希望，一如他那非比尋常的蒐集癖。

總覺得會成為事件的火種。

「沒錯。因此，我這個保鑣才會知道十木本先生的事。今日子本人倒是沒有什麼危機意識呢。」

「危機意識……」

因為她忘記了——因為每次都是「初次見面」哪——日怠井警部心想，但事情似乎並沒有這麼單純。既然如此，第二次以後也應該繼續收取委託費用——之所以沒這麼做，就表示今日子小姐每次都對委託只是藉口或名目一事心知肚明，次次看破卻不去說破。

之所以沒帶名片，說不定也是因為在電話裡接下委託時，就已經看穿這不是「工作」了？

總之，要騙過名偵探是不可能的任務。

「沒錯。因為『委託人會說謊』是今日子的信條。只是，今日子好像也樂在其中。」

「？」

「似乎並不討厭被追求的感覺。」

壞女人嗎。

這時，不經意地想起那位青年的事——忘卻偵探的專家，隱館厄介。比起只能提出架空委託的委託人十木本未末，一而再、再而三地蒙受不白之冤，每次都得向偵探求救的冤罪體質常客，或許是生活得悠遊自在的高等遊民有生以來第一個嫉妒的對象吧。

就算視他為眼中釘。

就算當他是情敵，也沒什麼好不可思議的。

2

太不可思議了。

已經不只是不可思議，簡直是莫名其妙。

或許是因為管原女士惜字如金，大部分只能靠想像來補足使然，但就算有條有理地說明，依舊難以理解十木本的心理狀態。

因為，即便他羨慕我能成為置手紙偵探事務所的常客，有很多機會可以擔任忘卻偵探的助手，但是對我來說，這種心態等於是在欽羨我的不幸及倒楣「好好啊」。

明明一點都不好。

不，要說一點也不好，嗯，或許也言過其實……可是要付出的代價太大了，幾乎每次都差點毀滅我的人生。被這樣把嘗盡苦難、受盡屈辱視為我人生的亮點也不值得高興。

高風險才不是什麼亮點。

就算我身為助手，做出再多貢獻，或是基於「搭檔」的關係有什麼心意相通的情愫，到了第二天，今日子小姐就會忘掉，所以更沒什麼好說的——就連身為常客一事，也無法留在她的記憶裡。

——然而，以下只是我的推測，或許十木本覺得那樣也好。

或許對他來說，能被忘記反而是一種救贖——我並不是指「無論被拒絕幾次都能重新來過」那種實際的、俗氣的東西（當然，或許也有這個意思），而是更懇切的願望。

身為名門世家的浪蕩子。

基本上，我不太喜歡有錢不代表幸福、或有錢也不能快活這種想法——因為有錢的確很幸福、很快活。不過，幸福的事不見得就是幸福、快活也不見得永遠都能快活，倒也是真理。

一想到親戚們是如何看待十木本的，或是想到事已至此，居然連個趕來弔唁的朋友也沒有，實在不覺得他走到一半就戛然而止的人生會充滿自我肯定的快感。

從這個前提來看，一整排掛滿走廊的肖像畫果然很超脫常軌。

因此。

會把那樣的自己忘掉的今日子小姐，能讓他覺得惹人憐愛也不奇怪——奇怪的，只有他想成為我這點。

話說回來，對今日子小姐愛慕過頭，連偶爾出現在她身邊的我也一併進行身家調查的偏執程度，已經到達某種跟蹤狂的領域了。即使同為今日子小姐粉絲的我，也無法產生共鳴……就連圍井小姐，肯定也會這麼說吧。

展示室。

在客房裡坐下之後沒多久，管原女士就帶我去看了位於地下的展示室，更讓我覺得不可思議。

太驚人了。

與其說是展示室，已經幾乎是博物館了——難以相信這是屬於個人、由個人管理的空間。但是比起佩服，甚至有點讓人想遠而避之。

原來不用考慮存摺餘額的人，可以將興趣拓展到這個地步啊。

一整牆密集排列的非鋁製金屬櫃，裡頭擺滿了古今東西的硬幣，從罕見的硬幣到至今仍在市面上流通的常見硬幣，等間隔地，也算是某種平等地，彷彿用尺量過般，一絲不苟地陳列著——還以為是在看什麼圖鑑或目錄。

一路看下來，不禁讓人體認到硬幣不再只是金錢，而是代表各自國家及文化的一種藝術品。彷彿只要從這一頭走到那一頭，欣賞這些展示品，就能詳細地了解硬幣在人類史上的變遷——雖然不曉得得花上多少時間。

今日子小姐在法國說過，如果要把羅浮宮美術館整個參觀一遍，至少要一個星期以上的時間，那麼要欣賞完這個展示室，即使是最快的偵探，大概也無法在一天內完成吧？可能要像上次打算看完須永昼兵衛所有的著作那樣，開上好幾晚夜車——

……或許可以像這樣回憶「身為忘卻偵探的助手從事的活動」一事，正是我受十木本仇視的理由。

不管怎樣，這實在太驚人了。

這個展示室絲毫不會讓人聯想到「不務正業」、「遊手好閒」這些字眼給予人的既定印象——收藏品的整理方式近乎神經質，只會讓人想知道是不是被什麼東西附身了。

不但排列採取索引式的專業陳列法，這個房間的狀態管理也非常非常專業。溫度及濕度、甚至連氣壓都用電腦完全控制，小心翼翼不讓收藏品有任何損傷。

據管原女士所說，「少爺」雖把自己的生活起居全都交給佣人照顧，但唯有這個房間不許任何人接近——「少爺」生前，就連她也進不了房間，直到今天早上才首次以「第一發現者」的身分踏進這裡。

至於他那些收藏家朋友更是無緣得見，因此曾進過這個房間的，只有十木本本人和——白髮的忘卻偵探。

不給任何人看，不與任何人分享，只屬於自己的收藏品。結果反而在收藏家的圈子引起注意，也真是夠諷刺了——然而對他來說。

今日子小姐是這麼特別。

如同視我為眼中釘般——今日子小姐在他眼中就是這麼特別。

「『把我的收藏品全部給你』」

管原女士引用「少爺」說過的話。

「『你只要收下就行了。如果你說自己不需要搭檔，那麼至少讓我每天都能雇用你』──少爺對那個偵探這麼說過。」

「…………」

全部。

他口中的全部，總共有多少價值？

對今日子小姐狂熱到願意把這麼偏執地蒐集回來的收藏品全都獻給她也在所不惜，聽起來還滿恐怖的──又還不到黃昏之戀的年紀，以知所進退的成年人該有的熱情來說，有點太激烈了。

我不經意地望向牆壁一隅。

雖然我沒有硬幣的專業知識，但是不難想像光是這邊用來裝飾，塞滿了大判小判的千兩箱（註：千兩箱是江戶時代的日本人用來保管金幣的容器，大判小判則是江戶時代流通的貨幣）就遠超過我的年收入……不，應該是這輩子的總收入。圍井小姐說過，有些硬幣可是價值上億……

「喂，小心你腳下。」

「咦。啊，好。」

好危險。說起來，這裡除了是收藏品的展示室，同時也是命案現場——不經大腦地走來走去，可能會破壞現場。

我虛浮的腳步差點一腳踩下去的大理石地板上，有著以防護型膠布貼出的一個人形——定睛一看，雖然沒有血跡，但這裡顯然就是十木本倒臥的位置。

因為是刺殺，就算形成一片血泊也不奇怪，但似乎沒有流那麼多血……這麼說來，十木本的直接死因並不是失血過多，而是由於刺傷造成的心因性休克來著……刺傷……

「…………」

雖然知道他視我為眼中釘，或許會有人說我偽善，但是在這裡雙手合十為他哀悼一下，應該不至於遭天譴吧——要是真的只有奶媽一個人為被害人哀悼的話，未免也太淒涼了。

……今日子小姐又是如何呢？

縱然不是一片血泊，但是一覺醒來，在記憶處於重置的狀態下，身旁有一具「素昧平生的男人」的屍體——肯定無法保持平常心吧？

不，那個人應該能馬上理解狀況。

右手緊握著凶器，左手則是——「昨天的我」留下的死前留言。

「1234」。

對了，就是這個。

今日子小姐——可以說是資本主義經濟信徒的今日子小姐，自詡為金錢奴隸的今日子小姐，為何會拒絕這麼熱烈的追求固然也令人充滿疑惑，但我現在負責的問題是第二層密室，也就是這間展示室的密室。

被撬開的門已經拆掉，室內一覽無遺——那原本是一扇厚重的鐵門——與銀行保管箱金庫類似的鐵門。

保證密室之所以為密室的門。

彷彿直接把銀行的保管箱金庫大門搬來用。

即使不是拘留所，但因為展示室位於在地下，既沒有窗戶，換氣口也不是人類可以通過的大小，出入只能靠這扇門——唯一的出入口。

「——管原太太，可以請你告訴我了嗎？為何要讓我進屋——不僅如此，還讓我進到外人止步的展示室？莫非是有什麼話想告訴我嗎？」

我回過頭，如此問道。

只是想看看「少爺」視為眼中釘的男人長什麼樣——應該不是這樣。她知道我是忘卻偵探的搭檔，才掩人耳目地讓我進屋。如果她是想看清我的長相，只要在剛才的客房裡看個夠就好了，而看樣子也不是要為「少爺」報仇或動用私刑——那究竟是為了什麼？

「少爺或許自以為隱瞞得天衣無縫……但我早就看穿他偷偷摸摸地和那個偵探串通一氣了，可是我故意不告訴條子。」

「…………」

簡稱警察為「條子」，難掩管原女士欠缺敬意的態度……或許十木本家的人與負責巡邏的警官們並未建立起太良好的關係。

以下只是庶民一廂情願的想像——保護高等遊民顯然不是會很有成就感的工作，所以這部分算是彼此彼此吧？無論如何，對於主人與偵探的關係，「管家婆婆」似乎是知情且默許的。

剛才提到的收藏品讓渡一事也是擅自旁聽……說得不客氣一點，大概是偷聽來的。這可是偵探才會做的事。

然而「管家婆婆」卻以沉痛的神情說道。

「……我的確是第一發現者……也是我去通知外面的條子，但我無論如何都不認為那個偵探就是兇手。嗯……不想這麼認為。」

管原女士慎重地選擇詞彙。

「不過任誰來看，那位白髮的小姑娘都是兇手吧……畢竟她手裡拿著沾滿血的刀子，密室裡又只有他們兩個人。」

她邊說邊舉起手來，指著展示室的左側，該怎麼說才好呢，姑且稱之為古代錢幣區的一角好了——陳列得井然有序的硬幣之間，空了一個洞。

從周圍的古錢形狀判斷，原本擺放在那裡的，似乎就是那把刀——成為凶器的刀劍型硬幣。這大概就是與實際的博物館不同之處，由於展品皆未收納在玻璃櫃裡，所以只要想拿，無論哪個硬幣——無論哪把刀刃——都可以輕易拿到手。

只要想拿——只要想偷？

不，可是，如果今日子小姐有那個意思，別說是刀劍型的古代錢幣了，這個房間裡所有的收藏品都可以是她的囊中物，她為何偏要拿起那把刀劍型的古代錢幣？

而且老婆婆的字斟句酌也很令人在意。

不是不認為，而是不想認為——就算不是因為認為今日子小姐並不是兇手，才把情報提供給她的「搭檔」——也就是我，至少也給了我調查的機會、現場搜證的機會——那她不想這麼認為的原因又是什麼？

隱隱約約想像得到——雖然是很倒胃口的想像。

一而再、再而三地拿工作當藉口，把忘卻偵探約出來，強行追求的「少爺」萬一想對今日子小姐霸王硬上弓，卻受到今日子小姐的反擊，亦即所謂的正當防衛——對兩人的關係了然於心的管原女士無法不做此想。

她當然不想認為發生過這種事，我也不想。可是，知道十木本的人格特質之後，倒覺得很有可能就是真相——在進行網羅推理的過程中，今日子小姐與日怠井警部之間應該也討論過正當防衛的可能性，假設這個密室根本是為了囚禁今日子小姐才成立的呢？

‥‥‥‥‥‥‥‥‥

「兩人共處一室」的定義也會隨之改變。

「機會難得，等會兒也讓你看一下少爺的房間吧。你猜少爺都睡在什麼樣的床上？」

「什麼樣的床上……應該是古色古香，像這樣懸掛著帳幔……？」

突然問這什麼問題啊，但也因此暴露出我想像力的匱乏。

「是介護用的可動式床架。」

老婆婆說道。

「少爺已經在為老後做準備了。他說反正自己注定要孤獨地老去，不如趁著還健康，好好為將來臥床不起的時候做準備及練習……」

「……」

這意思是說，安裝在樓梯旁的電梯也是為了遲早要面對的老後做準備，提前設置的無障礙設施嗎？

「我的確也無法照顧到少爺的老後。可是，那位偵探就這麼出現在原本已經看破人生的少爺面前。」

那又怎樣？可是，管原女士並未接下去。

不願意和盤托出的證詞……大概是不想承認「少爺」對今日子小姐癡心一片，卻被今日子小姐以劫財為目的給殺害——或是更不想承認「少爺」監禁了今日子小姐，結果反而被今日子小姐殺害吧。

與其說是「故意」不如說是「正因為如此」，管原女士才沒告訴警方今日子小姐與十木本之間的關係……縱使這會讓情況變得更複雜。

不過，今日子小姐只要看過寫到一半的調查檔案，大概就能猜出被害人與自己的關係了……話說回來，又是「監禁」啊……

真是和「監禁」有緣分的偵探——真是受不了。

如此一來，我更不能理解她為什麼不乾脆從偵探這行退休，把得到的收藏品賣掉，當個「高等遊民的搭檔」，過著怡然自得的生活。

即使是專家，也回答不上來。

真要回答的話……會是今日子小姐對偵探這份工作的執著嗎？如果是專屬的受雇偵探則又另當別論——她之所以成為自由執業的私家偵探，想必是有什麼意義。這也是一種執著，而她的頑固可能也惹惱了十木本——然而，今日子小姐不可能笨到會惹惱委託人。

不如說她是那種非常善於安撫追求者的人——包含我在內，為她哭泣的男人不知凡幾。

總而言之，站在管原女士的立場，儘管不方便說出口，應該也是抱著一縷的希望，希望我身為「忘卻偵探的搭檔」，能為她找出離那種倒胃口的真相距離十萬八千里的真相——誰不好找，偏偏找上我。

找上我這個「少爺」的敵人。

我很想為她做點什麼，但是做點什麼與為她做點什麼是自相矛盾的。倒胃口的真相再倒胃口也是正當防衛，這麼一來，今日子小姐就不會被問罪——不能用強盜殺人罪來辦她。請容我再重覆一遍，今日子小姐要得到龐大的財富並不難，端看她想怎麼做，所以動機也消失了——嗯？等等。

既然如此，不就有別的真相了嗎？

今日子小姐殺了十木本也沒有任何好處——但是能因十木本的死而得到好處的人可不少。

就是那些連趕來這裡也不肯的親戚。

不清楚會怎麼分配，但既然今日子小姐拒絕接受，這些收藏品應該全部都會由遺屬繼承——與他形同陌路的遺屬。

動機有了。而且是非常典型的、強烈的動機。

只要拋開現狀來看，一想到十木本未末的財產，包括收藏品在內，可能全部將由那個來路不明（忘了自己的來路）的偵探繼承——再加上大戶人家想要趕走蒼蠅的用意，由親戚裡的某個人，或者是幾個人狼狽為奸，以嫁禍給偵探的方式，擬訂了密室殺人的計畫……

這大概是為這個家盡心盡力的奶媽絕不樂見的真相，但是比起「少爺」因為感情糾紛——因為男女關係牽扯不清而死得不明不白的真相要來得好多了。只不過——

只不過，這個真相卻卡在密室裡。

被密室牢不可破的門擋下。

「……不好意思，管原太太。請容我冒昧請教一下——展示室被撬開的這扇門，密碼不會是『1234』吧？」

我不抱希望地姑且一問。

何以不抱希望，是因為一路聽下來，倘若十木本真的除了自己以外不讓任何人參與展示室的管理，想必不會把密碼告訴「管家婆婆」。再說，如果她知道密碼，就不用大費周章地把門撬開——密室的要件就不成立了。

然而，老婆婆給這個問題的答案卻比不抱希望還要絕望。

「沒有密碼啊。」

「什麼？」

「只有用少爺不知道藏在哪裡的鑰匙，才能從外側打開，內側連把手都沒有，想開也開不了，是自動鎖的鐵門——畢竟這裡原本是金庫室啊。」

「…………」

原來不是像個銀行金庫，這裡真的是金庫——將金庫室改建成展示室。原來如此，原來如此……至此，有一點，終於有一點，是可以同意的了。

之所以不叫業者，也不去找「藏起來」的鑰匙，直接採取把門撬開這種覆水難收的強硬手段，是因為誤以為溺愛的「少爺」可能被關在展示室裡出不來嗎——誤以為？

萬一是真的被關在裡面呢？

被誰？今日子小姐？真兇？還是十木本本人為了與今日子小姐獨處？

總之肯定有誰把門關上——把那扇應該保持敞開的門關上。

就算不是自動鎖，既然沒有把手，從內側就無法打開這種門……既然知道這一點，不太可能不小心失手把門關上。應該視為是某個人懷有惡意，或者是犯意嗎——以上也僅止於臆測，目前唯一可以確定的，是今日子小姐隔著會客室的壓克力玻璃向我傳達的「1234」並不是密碼。

那是什麼？

咦？該不會是我產生天大的誤會，意氣風發卻毫無建樹地闖進十木本公館的展示室？不過，至少進行了現場蒐證，也不算毫無建樹，但是在時間這麼緊迫的情況下，等於是繞了一大圈不必要的遠路嗎？

「…………」

糟糕。

唉，看吧。所以我就說像我這種人，根本無法勝任忘卻偵探的搭檔——我已經一而再、再而三地說過了。

居然把這樣的我視為眼中釘，再怎麼搞錯對象，也該有個限度——就連自稱專家，也是我缺乏自知之明。我能做的事就只有現在馬上回家，繼續找工作——慢著慢著，我怎能這麼輕易就放棄呢。

重新來過吧。

「1234」。

就算不是密碼，也應該是「什麼」——今日子小姐在千鈞一髮的情況下，不惜挑戰公權力（不過，這也是司空見慣的事了）也想讓我知道的事，不可能毫無意義。

坦白說，也可能是讓我帶著沒有價值的情報奔走，利用我做為對付日怠井警部的誘餌（雖然還不到司空見慣的地步，但如果是今日子小姐，並非沒有可能），但是向我追問這個可能性有幾分，就真的毫無意義了。

要更直接地問管原女士嗎？問她聽到「1234」可曾想到什麼——像是「少爺」的生日是十二月三十四日之類的——不，十二月沒有三十四天。不管哪個月都沒有三十四天。

然而，再繼續不抱希望地嘗試下去，可能會讓她對「忘卻偵探的搭檔」失去信任……雖說也是這項錯誤的資訊，才讓我這個來路不明的傢伙得以踏進展示室，現在也還在此處。

更何況，就算管原女士知道「1234」是什麼——就算她知道今日子小姐握在左手裡東西是「什麼」——想到若恣意提供資訊，可能會揭露「少爺」的惡行，我也不敢輕易說出口。

只能靠自己的力量想想辦法。

自力救濟。我從未嘗試過。一直都是仰仗偵探的協助——只是，我當然有想幫助今日子小姐的動力，再加上今日子小姐萬一真的因本案而沒落了，將來當我又蒙受莫須有的不白之冤時，會失去一個可以馬上幫我解決問題的偵探——著實是絕望的損失。

說到底，洗刷冤情乃是與時間賽跑的行為——有時候曠日費時，經過好幾年的法庭攻防戰，終於爭取到無罪，也無法換回因此受到的損失。因此我習慣仰賴最快的偵探——絕非因為我是「忘卻偵探的搭檔」。

但是，假如——假‧如‧我‧是‧十‧木‧本‧未‧末‧以‧為‧的‧那‧種‧男‧人，這時應該要好整以暇地解開「1234」的謎題。

解開暗號，解開死前留言。

「1234」。

「1」和「2」和「3」和「4」。「1＋2＋3＋4」等於「10」……「十木本」的「十」嗎？指稱十木本一族某個鎖定遺產的人就是兇手的訊息——不，再怎麼說，這個不特定多數的人選也太多了，根本不成死前留言。說得極端一點，甚至可以指向被害人十木本未末本人——要是因為遭到他的非禮，為了反擊而採取的正當防衛，這個可能性也不是沒有……不，沒有。

因為沒有，就是沒有。

重新回頭來看，從今日子小姐為了誤導警方辦案，把凶器緊緊地握在右手，偷偷地留下死前留言就很詭異——倘若她在睡著前已經知道什麼，根本不用這麼大費周章，只要留下更直接的訊息即可。

比如這是對十木本未末的正當防衛，只要大大方方地寫在地板上就好了——應該有充足的時間可以這麼做，也不用擔心會被誰看見。若說沒有筆，用被害人的血來寫有所不妥，可以用刀子把字刻在大理石的地板上，要是連刻字都不願意的話，也可以把硬幣擺成文字的形狀——

「……把硬幣？」

緊握在手中的——該不會是硬幣吧？

雖然像是把假設建立在假設上，接著還再蓋起空中樓閣一般的推論……假使今日子小姐要留下訊息給「明天的自己」，而且想要留得神不知、鬼不覺，而故意把什麼東西握在左手的話——很難想像在她身旁、在她手邊就有那個恰巧符合以上各種瑣碎要求的「什麼」。

在密室裡——而且是從裡外兩側都打不開的密室裡，只能把手邊現有的東西做為死前留言留下來的話，一如右手握的刀子是硬幣那樣，握在左手的「什麼」應該也是硬幣吧——如果是這樣的話，密室中要多少有多少。

想到這裡，我重新把房間看過一遍。

如同古代錢幣區有個明顯的空洞，其他地方也有這樣的空洞嗎——還真的有。不只有，而且還不只一處。仔細看，這間宛如型錄般的室內意外有很多「空隙」——畢竟「蒐集」像是在玩拼圖那樣，把那些空隙填滿才是收藏家的醍醐味，所以這也是當然的吧……但是要把那些空隙全都檢查過一遍，是很浩大的工程。

在這個時間極為緊迫的狀況下——

「…………」

沒辦法，要倒過來求解。

身為逃亡中的被冤枉專業戶，這是非常旁門左道的作法，然而天下沒有白吃的午餐——去自首吧。

3

居然給我來自首這招。

日怠井警部才剛結束與親切警備主任以下的對話，就接到隱館青年打來說要自首的電話。

「您好像有所誤解呢。」

警備主任雲淡風輕地說道。

「日怠井警部，您剛剛提到您覺得自己『似乎可以理解一個養尊處優的有錢人家富二代為何會視隱館厄介為對手』，但還容我指出，其中包含了是一般人經常會有的誤解。」

「誤解？一般人會有的？」

自己的理解是誤解？

是指他太小看隱館青年了嗎……有道理，雖然做為忘卻偵探的搭檔而言顯然極為勉強，但是在會客室裡還能趁日怠井警部不注意，與今日子小姐暗渡陳倉，自己的確太小看他了也說不定。

或許是以前曾經誤把隱館青年當兇手逮捕，使得潛意識的罪惡感蒙蔽了他的雙眼……日怠井警部正要開始反省，才發現親切警備主任並不是這個意思。

他指的是自己對另一個人的評價有所誤解。

「十木本未末先生並非『養尊處優的有錢人家富二代』——他也有他的人生。」

「……你的意思是說，有錢人也有有錢人的煩惱，或者是有錢也不幸福之類的嗎？」

「一言以蔽之，是這個意思沒錯，但這並不算理解，就理解而言並不充分——就如同看錢是今日子小姐的工作，看人是我的工作。因為另一件事，我也對隱館厄介進行過身家調查。」

這是指自己的任務——基本上任何委託皆來者不拒的忘卻偵探，身為其保鑣的任務包含了對委託人的考核嗎——因此對三番兩次前來委託的可疑客戶進行身家調查也只是剛好而已。

聽起來好像螳螂捕蟬，黃雀在後的故事……

「關於委託內容，我有義務保密，但是委託人的個人資料則介於灰色地帶，請容我掐頭去尾地說重點。」

警備主任的聲色聽來像是一副對自己的工作盡忠職守，但是卻意外的大嘴巴——即使不是忘卻偵探，個人資料應該也是不該透露的黑色地帶，但此時此刻也不能道貌岸然地要他閉嘴。

「十木本未末先生雖然過著養尊處優的生活，卻也不是不知民間疾苦

——當然，我不是指蒐集硬幣的辛苦。」

「……噢，那是什麼？」

「他小時候動過肺癌的手術，摘掉一邊的肺……而且是全部摘除。」

即使撇開親切警備主任我行我素、雲淡風輕的口吻不談——即使已經預先提示，仍然是很衝擊的消息……肺癌？

「是的。X光片上有一塊硬幣大的陰影……沒錯，那就是他成為收藏家的起點。」

如果是為了填滿胸口的那個洞才開始蒐集硬幣，有錢人不務正業的感覺的確一掃而空……那要是豆子般大小的陰影，會變成豆子的收藏家嗎。

「可是，肺癌……而且還是把一邊的肺全部摘掉。」

顯然已經是很嚴重的癌症——雖然是個悲劇，但是沒死已經可以說是萬幸了。手術後應該復原得很順利吧。如今卻死於非命，真是太冤枉了。

提到肺癌，就想到被害人可能是重度的癮君子，不，等一下喔。注意力都被後半的驚人情報吸走，但親切警備主任剛才說的是「小時候」吧？

「沒錯。是發生在小學時的事。」

「小學時得肺癌……」

呃──也有這種事啊。

絕對是很罕見的病例吧──所以用刻板印象，簡單地把這麼倒楣的人歸類為「有錢人家富二代」的確不妥。

日怠井警部深自反省，但是讓富二代這麼倒楣的並不是病魔──而是更具體的惡運。

「那是誤診。不知是拿錯X光片，還是造影時發生問題──究竟是出了什麼醫療疏失，我並沒有查到那麼詳細。總之不知是哪裡出了差錯，還是小學生的他被整個摘掉的右肺是健康的。」

誤診。不知是哪裡出了差錯。不，這可不是出差錯就能交代過去的事。

（唉──所以呢？）

如果把誤診也視為一種誤判，類似不白之冤的東西，那麼被害人特別意識到被冤枉專業戶的隱館厄介也就有跡可循了。可是……若要說是因為一而再、再而三地蒙受各種不白之冤，才把隱館青年的人生搞得亂七八糟的確也不為過，但是論到具體的損傷……

每個行業都有令人難以置信的失誤……也有令人不願相信的失誤。

「誤診是事實，但或許是醫生的開刀技術很好，爾後的健康狀態並沒有什麼大問題。幸好癌細胞也沒有擴散。」

警備主任或許只是想說個緩和沈重氣氛的笑話，但實在笑不出來。

（可是……因為是與本案無關的病歷，所以才沒寫在調查檔案上嗎……但這應該是醫院主動告知警方也不奇怪的情報吧……）

這時，日怠井警部想到一件事，趕緊請教親切警備主任。

「難不成在過去曾誤診被害人，為他開刀的那名『技術很好的醫生』任職的醫院——」

「沒錯。什麼嘛，您已經知道啦。」

才不知道。

只是，這麼一來就能理解，發現時已經回天乏術的十木本被送往的那家醫院之所以噤聲的遠因——關於過去犯下的醫療疏失。

「原來如此。可是日怠井警部，要說的話，醫療疏失本身其實是被大型銀行創辦人家族的力量給壓下來的也說不定。」

「壓下來？怎麼可能……你說反了吧？」

應該會掀起軒然大波才對。甚至把整家醫院搞垮也不奇怪。

「這也是刻板印象哪，日怠井警部。我雖然不清楚細節，但是站在名門世家的立場，可能連這種事也被視為不名譽吧——換句話說，把遭到誤診當成一件不名譽的事。」

「…………」

就像被誤抓的人即便事後證明是清白的，也會被指指點點——嗎？

「當然，院方私底下必定是支付了相當龐大的賠償金，但是對於名聲顯赫的家族而言，應該不願意讓人知道自己是遭受到那種『意外』的『可憐的被害人』吧。因為會成為記者們最好的獵物。」

此時，日怠井警部想起隱館厄介的朋友，號稱中立公正的記者——那名記者查了半天也查不到這一層，表示掩蓋工夫做得相當徹底嗎。

「不如說是看在能與大醫院建立起利益關係的好處而息事寧人吧。只是少年本人無法接受這樣的理由。之後，他與家人的關係似乎就疏遠了——於是，一個不見容於整個家族的人就此誕生。」

也就是說，一個硬幣收藏者——一個不見容於家族的人並不是某天突然蹦出來的，而是有其明確的原因嗎。

「發生過這樣的事，他沒插手家族企業也是情有可原，可是都四十好幾還不工作，難不成是誤診手術的後遺症？雖說健康狀態沒問題……」

「沒問題是指肉體上，精神上的創傷非常巨大——聽說他因此對『被搞錯』這件事有著近乎病態的恐懼。」

「……所以才會把即使一直被誤會也仍奮勇向前的隱館先生視為競爭對手，將不會弄錯的今日子小姐奉若神明嗎？」

「我無法得知他心裡在想什麼，我頂多只能勾勒出外側的輪廓——因為我不是偵探。」

「是麼……」

要說誰比較像偵探，至少此時此刻，比起在拘留所裡待得如魚得水的今日子小姐，親切警備主任的調查能力還比較像偵探。

「萬一哪天又『被搞錯』，導致另一邊的肺也被奪走的話——萬一事實又因為『大人的苦衷』被壓下來的話——看在旁人眼中，或許只是想太多的杞人憂天，但是因為對此『感到焦慮』，所以在人多的場合經常會發生呼吸困難的症狀。」

由肉體的外傷衍生的精神創傷嗎。

並不稀奇吧。一點也不稀奇。

「但是這麼一來，十木本先生似乎又受到自己人毫不留情的苛責。罵他明明應該要工作，卻拿以前發生的事當藉口偷懶——罵他究竟要耿耿於懷到什麼時候，過去的事就忘了吧——」

忘了——嗎。

能忘的話，當然想忘。

（…………）

親切警備主任試圖糾正日怠井警部的誤解，但是因為他的糾正，感覺反而更強烈。

感覺遊手好閒的富家子把冤罪體質的青年視為眼中釘一事也是自然。

就在一個不小心地落入了難以言喻的感傷之時，日怠井警部接到電話——不是別人，正是隱館青年打來的電話。

這又讓日怠井警部怒火中燒。

這傢伙沒搞錯吧。居然還有臉打電話來。

即便因為是電話，不會看到臉……

「日怠井警部——有一件事想請教你。」

沒有開場白，也沒有禮貌性的招呼，隱館青年劈頭就說——自己才想問他好嗎。他現在人在哪裡？在做什麼？是否如自己所料，去了十木本公館？

但如果是那樣的話，巡邏員警應該會向自己報告才對……

然而，隱館青年根本不讓日怠井警部有機會插嘴問問題，緊接著說道。

「請問把今日子小姐關進拘留所時沒收的隨身物品中，有沒有錢幣？」

「錢幣？這個嘛……」

如同日怠井警部猜中隱館青年的目的地，隱館青年也料到日怠井警部採取的行動——只是，從這個角度來說，再次檢查隨身物品的行動，終究只是白忙一場。

「隱館先生，你找到今日子小姐從案發現場帶出什麼東西的證據嗎？」

「不，沒有，是不是還很難說。」

隱館青年的語氣原本十分慷慨激昂，至此總算冷靜了一點——也對，在極力洗清強盜殺人嫌疑的此時此刻，反而才不想找到那樣的證據吧。

「很遺憾的，今日子小姐幾乎什麼都沒帶。兩手空空的程度彷彿可以直接通過機場的隨身行李檢查。」

那並不重要，重點是你現在到底在哪裡？在做什麼？而更重要的是，今日子小姐在會客室裡到底對你說了什麼——日怠井警部想發問，卻被隱館青年以「現金呢？」三個字搶先反問回來。

現金？

「哦，現金的話，倒是有一點——」

對了，要是把現金放在口袋裡，就無法直接通過隨身行李檢查了。

因為他用錢幣這個名詞——日怠井警部也一直說是錢幣——所以一下子沒反應過來。現金——現在流通的貨幣也是不折不扣的錢幣。只是，那些硬幣的金額並不大，也沒什麼特別的地方……那程度的金額也不像是潛入豪宅搜括的所得——

「日怠井警部，可以請你確認一下嗎？像是有沒有平成十二年的百圓硬幣和昭和三十四年的十圓硬幣，或是硬幣的合計金額是一千兩百三十四圓之類的……」

「等一下啦，突然這麼說我也……」

日怠井警部從自己的辦公室邊走向保管庫邊回憶——終究無法立刻想起年份和合計金額。

十二年？三十四年？一千兩百三十四圓？

只能親自去確認了。哪有辦法馬上回答啊——等等喔，這麼說來。

「說來在零錢裡混了一些歐元硬幣在其中，讓我印象深刻……她是去歐洲旅行嗎？還是怎麼了——」

「歐元……是嘛。」

隱館青年似乎有了頭緒，喃喃自語，接著頓時恍然大悟般，大聲嚷嚷。

「請等一下，那是不可能的！今日子小姐最近確實去過歐洲，但那是為了工作——口袋裡不可能還殘留工作的痕跡，她不可能把那種東西當紀念品似地隨身攜帶！」

陳述了專家才會有的見解。

不過，的確如他所說。

忘卻偵探才沒有「紀念品」這種概念——既然如此，這是怎麼回事？

日怠井警部在四下無人的走廊上狂奔，衝進保管庫，重新檢查今日子小姐的隨身物品——依照規定戴上手套，避開日幣，把歐元硬幣挑出來。

從隱館青年激動的反應來判斷，這些零錢大概就是今日子小姐握在左手中的「什麼」吧？是啊，的確是可以握在掌心裡的適當大小、數量……

「一共有六枚一歐元硬幣和兩枚兩歐元硬幣……加起來共十歐元。」

日怠井警部一面檢查硬幣的面額，一面告訴隱館青年——雖然這種一個口令一個動作的行為令人有些氣悶，但也沒必要與他搞對立。或許幾個小時後就能為他銬上手銬了，目前就暫時建立起合作關係吧。

而且他也不打算一五一十地把親切警備主任透露的內情，呃，舉發的內幕告訴對方……

「十歐元……剛好是整數呢——『1』＋『2』＋『3』＋『4』……？等於『10』……不是『十木本』的『十』……那才是誤導……那只是表面上的意思，檯面下……」

「？」

「『私底下』……『表裡合一』……」

隱館青年嘟嘟囔囔地在電話那頭陷入沉思——他從剛才就對「1」「2」「3」「4」有莫名的堅持，日怠井警部覺得疑惑，但忍住不去問他。畢竟放長線才能釣到大魚——果不其然，這個青年與忘卻偵探正好形成對照組，不擅長保密。

「啊！」

這時，不知身在何方的隱館青年在電話那頭大喊一聲，差點震破日怠井警部的耳膜。

他那焦躁不已的反應，比起突然想到、靈光一閃，更像是為什麼沒有早一點注意到這件事的懊惱。

「日、日怠井警部——請告訴我那些歐元硬幣的內容！」

「內容？剛才已經告訴你啦。六枚一歐元硬幣和……」

「不、不是這個！」

隱館青年努力讓慌亂的語氣平靜下來說。

「我想知道的不是正面的內容——而是背面的內容。」

「背面的內容？」

「是的。」

硬幣有正反兩面——如同一切都有正反兩面。

4

怎麼會這樣。

的確值得驚歎，看樣子唯有這次，今日子小姐是真的打從一開始就知道這個案子的真相——只是忘記了而已。

第十二話 隱館厄介的到案

&

第十三話 掟上今日子的可視化

1

我對於這麼理所當然的事，卻要用「發表意見」似地來陳述感到非常抗拒，比如萬圓鈔是因為大家都認為是一萬圓，才有了一萬圓的價值。

價值一萬圓的萬圓鈔。

所謂的匯兌，說穿了就是這麼一回事，只要認為萬圓鈔有一百美元的價值，那就是一百美元；認為萬圓鈔只有九十美元的價值，那就是九十美元；認為萬圓鈔有一百一十美元的價值，那就是一百一十美元——與我的冤罪體質具有異曲同工之妙。

我是誰——是真兇嗎？還是冤罪被害人——說穿了，決定我是誰的並不是我，而是證人、司法、國家、偵探。說得極端一點，當外星人來到日本，比較萬圓鈔與千圓鈔時，要一眼就看出何者比較有價值，原則上是不可能的。雖然是很極端的比喻，但也不是荒誕不經，我小時候也曾以為五圓硬幣是最有價值的錢幣——只因為五圓硬幣是金黃色的。

若問我喋喋不休地講著任誰都知道的真理，究竟想要表達什麼，無非是想要表達人很難從外觀判斷平常不熟悉的貨幣——就連其外觀都很難透過觀察順利進到腦子裡。

有人出國旅行時花錢毫不手軟，也有人正好相反，一個錢打個二十四個結，這都是常有的事，就像我，去法國旅行時也常常搞不懂歐元的用法。雖然今日子小姐已經忘了，但我還記得當時與她有過以下的對話。

「這麼說來，歐盟（EU）……歐洲聯盟成員國採用統一的貨幣還真是方便啊！即使跨越國境，也不用一直換外幣。或許所謂的世界和平，就是始於使用相同的貨幣呢。」

「哎呀。」

「那天」的今日子小姐對我那樸素——完全與尊重文化多元化沾不上邊的感想回以充滿包容力的微笑，回答道。

「即使是歐盟成員國，其所使用的貨幣也不『相同』喔，厄介先生。」

「咦？可是，歐元……」

啊，嚴格說來，英國好像是用英鎊來著？對了，忘卻偵探還不知道英國已經脫歐了，我自以為理解，但她的言下之意並不是這個意思。

「正確地說，是各國使用的『硬幣』並不『相同』——即使單位一樣。」

是說，硬幣有正反兩面——她把掌心伸到我面前，然後轉過來給我看。

沒錯。

在那之後，我也陪在今日子小姐身邊——以「搭檔」的身分與她同遊歐洲，所以我知道這一點，清清楚楚地知道。

歐元硬幣的設計依國家而異，即使刻著數字的正面都一樣——背面的設計則交由每個國家自己決定。

硬幣是藝術品。

例如法國的兩歐元硬幣背面印的是「自由、平等、博愛」，而義大利的兩歐元硬幣背面則印有文豪但丁的肖像。

因此，今日子小姐在展示室裡握在手中的「十歐元」也不能單純地視為十歐元——不能單純地視為六枚一歐元硬幣和兩枚兩歐元硬幣。

嚴格說來。

是三枚愛沙尼亞共和國的一歐元硬幣（背面是國土的地圖）、兩枚盧森堡大公國的一歐元硬幣（背面是大公的肖像）、兩枚西班牙王國的兩歐元硬幣（背面是國王的肖像）、一枚比利時王國的一歐元硬幣（背面是國王的肖像）。

就像從外國人分不清野口英世與福澤諭吉的差別，看在大部分日本人眼中，或許也無法分辨這些硬幣有什麼不同——可是，「1234」。

如果以「今天的今日子小姐」寫在會客室壓克力玻璃上的四個數字做為解謎關鍵，那麼這無疑就是「昨天的今日子小姐」想傳達的事。

掟上今日子的備忘錄。

2

依舊是在第四偵訊室裡，日怠井警部與隱館青年隔著桌子大眼瞪小眼

——雖然並沒有真的銬上手銬、繫上腰繩，但是放在這樣的環境下來看，這個男人果然很適合被當嫌犯對待。

話說回來，冤罪製造機與被冤枉的專業戶像這樣在偵訊室裡面對面，倒是久違了——如果只是要問他話，就算在剛才的會客室也無妨，甚至在警察署外頭的家庭式餐廳也無所謂，但這是忘卻偵探的要求。

值此深夜，偵訊室裡只有日怠井警部與隱館青年兩人，但房間裡還有另一隻眼睛——正確地說是攝影機。

日怠井警部的智慧型手機就放在兩人之間的不銹鋼桌上，將接下來要進行的審訊影像以現場直播的方式，傳送到地下室的拘留所。

亦即所謂偵查可視化。

此刻，忘卻偵探正悠哉悠哉地在鐵籠裡觀察這兩個人——順帶一提，她沒有手機，所以是向負責看守的年輕人借的。真是為所欲為。該名看守員對她盡心盡力到只差沒提供爆米花，但日怠井警部已經沒有心情責備他了——反正接下來隱館青年無論說什麼，這次百分之百都會成為年輕看守員的最後一次「盡心盡力」。

隱館青年果然去了十木本公館，但顯然不是意氣風發地凱旋而歸，反而表現得坐立不安，注視著手機的鏡頭。還是在日怠井警部不知道的地方，隱館青年與忘卻偵探又心靈相通了——總之就看他單方面地用眼神打暗號。

不管怎樣，解謎就這麼開始——偵探缺席，由助手與刑警兩人合演的解謎大戲，就此拉開序幕。

「……要從哪裡說起，來丟硬幣決定吧。」

「要從哪裡說起？隱館先生，你這話說得好奇怪啊。我這裡已經無話可說了啊。我從置手紙偵探事務所的警備主任口中得知的線索，已經在剛才全部告訴你了。」

「不，我不是這個意思……我的意思是說，要從原因說起呢，還是從結論說起。」

隱館青年望著排列在桌上的八枚歐元硬幣說道。

3

除了日怠井警部以外，應該還有很多人都對我這種人能不能解謎，抱持懷疑的態度——當然不行，我哪有這個本事。

平常的話是不行的。

可是唯獨這次，狀況是不一樣的。套一句被害人十木本未末說過的話，我可是「忘卻偵探的搭檔」。

不行也得行。

雖說只有熱情與拚勁，辦不到的事還是辦不到，但基本上，由於解不開的暗號稱不上是暗號。所以針對這一題，把不可能化為可能是可能的。

從這個角度，「昨天的今日子小姐」留給「今天的今日子小姐」的訊息並未違反這個原則，實質上並不是那麼難解的拼圖——當然，如果是只要肯花時間，任何人都能解開的暗號，最快的偵探肯定一早就解開了——因為那是忘卻偵探為了忘卻偵探留給忘卻偵探的死前留言。

早就知道的真相。

我不是不願意認輸，但我和日怠井警部之所以會產生束手無策的感覺，是因為今日子小姐把解開暗號需要的鑰匙分成兩半，給我們一人一半之故。這也是她巧妙地帶風向的結果——只有『1234』解不開，只有『十歐元的硬幣』也解不開——必須從正反兩面，以兩面夾攻的方式進攻，才能解開這個暗號。

我再寫一遍，以下是十歐元的硬幣每一枚的內容。

愛沙尼亞硬幣＝1歐元×3枚
盧森堡硬幣＝1歐元×2枚
西班牙硬幣＝2歐元×2枚
比利時硬幣＝1歐元×1枚

然後再更進一步整理如下。

愛沙尼亞硬幣＝3歐元
盧森堡硬幣　＝2歐元
西班牙硬幣　＝4歐元
比利時硬幣　＝1歐元

各位看倌已經注意到了吧。
「1234」出現了。
「1」+「2」+「3」+「4」=「10」。換句話說，與握在左手的假設並不矛盾，十歐元硬幣的組成正好是「1」「2」「3」「4」。
既然如此，再依照數字的順序，把硬幣重新排列如下。

比利時硬幣　＝1歐元
盧森堡硬幣　＝2歐元

愛沙尼亞硬幣＝3歐元
西班牙硬幣＝4歐元

「也就是說……今日子小姐寫在壓克力玻璃上的『1234』是指國名的順序嗎？不是歐元本身，也不是硬幣的價值，而是要把歐盟內這四個國家的國名，依照這個順序排列嗎？」

日怠井警部一臉詫異地問我。

「沒錯。」

我點點頭。

「因此，就算裡頭夾雜著英鎊，或者是以前的貨幣，像是法郎或馬克，都能製造出相同訊息，但如同我剛才所說，只有歐元硬幣才能夠混在一起。而若是光看正面……表面上什麼也看不出來。」

「……可是，就算反過來看，像這樣重新排列，又能代表什麼呢？聽到這裡，我還是一點頭緒也沒有。」

「聽到這裡，等於已經解開謎團了。這是解讀暗號的入門款——請你把各國的第一個字母連起來看看。」

「第一個字母？」

「沒錯。以暗號學的術語來說，這叫語音碼（Phonetic code）。先檢查背面（TAIL），再從表面（HEAD）進攻……從頭開始。」

也就是像這樣。

BELGIUM ＝1歐元

LUXEMBOURG ＝2歐元

ESTONIA ＝3歐元

SPAIN ＝4歐元

「B……L……E……S？BLES？有這個單字嗎……？」

日怠井警部歪著脖子苦思。

我連各國國名的拼音都是向管原女士借電子字典來查的，所以對這個片語無法發表明確的高見，但至少在那台電子字典內建的英日辭典裡，的確並沒有「BLESS」這個單字。

不過，就算查不到「BLESS」這個單字，在為了查這個單字而用鍵盤輸入拼寫的時候，還用不到證明，解答就自動先跑出來了……對我而言，那也是「不同於紙本書的字典，電子字典只能查到想查的單字」這個俗說不攻自破，令人悲傷的瞬間。

當答案顯示在畫面裡，我頓時恍然大悟。早該想到了，為什麼沒早點把焦點放在為何只有西班牙硬幣不是一歐元，而是兩歐元硬幣呢——我原本單純地以為那是因為如果硬幣的數量太多，就無法握在手中——這或許也是原因之一，但不是全部。

使用兩歐元，這個意思是只有西班牙硬幣要重複兩次第一個字母「S」——也就是說。

「BLESS（祝福）」

電子也好，紙本也罷，根本不用查字典，屬於常識範圍內的單字。

「『BLESS』……『祝福』？啊，呃，以猜暗號來說，算是成績斐然了……可是隱館先生，你到底想表達什麼？案發現場完全不是值得祝福的狀況吧。」

「正因為完全不是值得祝福的狀況，所以只能留下非但不算成績斐然，反而是不及格的暗號哪——雖然想把歐元圈的國名連成一個單字，但也不見得能拼出想要的單字。因為歐盟成員國的國名第一個字母也並未網羅所有的英文字母。」

所以也只能忽略拼字的錯誤。

更何況能握在手中的硬幣數量著實有限。

原本並無意再暗號化，但因為字母不足，才不得不這麼做——結果變成更難以解讀的訊息，只能說是命運的捉弄。

「『昨天的今日子小姐』想說的其實不是『BLESS』，而是發音極類似的『BREATH』。」

「BREATH（呼吸）」

我誠惶誠恐地更動了名偵探的死前留言。

4

BREATH。呼吸。

今日子小姐留給明天的自己的訊息——總算能找出一開始就極力追尋的真相了。日怠井警部最先感受到的，就是出現在推理小說裡，脫線刑警常有的那種「為什麼沒能更早發現這麼簡單的事呢！」的心情——然而，他隨即被迫發現，事情沒有這麼簡單。

所以一點也沒有恍然大悟的快感。

看似提出了解答，其實只是謎上加謎——隱館青年忠實地遵照偵探的指令，前往現場蒐證的結果，的確從「管家婆婆」口中取得刑警問不出來的證詞，翻轉了展示室的密室之謎。

隱館青年揭露了案發現場的展示室是由以前的金庫室改建而成的房間——因為採取破壞鐵門這種覆水難收的行為，使得真相變得模糊難辨，但是這個行為本身亦可謂凸顯了案發現場的密室特性。

但說到密室特性，比起人員無法出入，這裡凸顯的更傾向於空氣無法流通的密室特性——在套用「密室裡只有兩個人，倘若其中一個人死於非命，另一個人就是兇手」這種單純的理論前，還有要先思考的事。

密室中並不是「只有」兩個人。

應該是密室裡「多達」兩個人——亦即氧氣量是有限的。

「如前所述——為了保持收藏品的品質，展示室內的空氣由電腦管理。硬幣這種東西，說穿了絕大部分都是金屬——如同博物館展示的標準程序，為了將生鏽……也就是氧化的可能性降到最低，當然也要把室內的氧氣量控制在最低限度，不是嗎……？」

為了幫助日怠井警部理解，隱館青年戒慎恐懼地說道——貌似覺得自己太雞婆了——實際上，也真的是太雞婆了。就算再怎麼脫線的刑警，至此也已經理解這方面的邏輯。
正因為已經理解了，才更不能接受——無法不提出反駁。
「隱館先生，這的確是很有趣的解讀，但是最根本的部分與事實並不一致吧。我懂，在推理小說或懸疑劇場的世界裡，把被害人關在金庫裡加以殺害的犯行或許很常見，就算發生在現實生活中也不足為奇，所以，你認為趁那兩個人在金庫裡的時候，把門關上的第三者才是兇手嗎？但這樣是說不通的。因為被害人並未窒息——死因並非缺氧，被害人是被刺死的。」
「……被害人遭刺殺的報告是接收他的醫院出的診斷結果吧。以前因為誤診，把十木本未末先生的右肺整個摘除的醫院。」
含糊其詞的口吻——他到底想說什麼？難不成他打算主張就連刺殺的判斷也是誤診嗎？
醫院當然不是上帝。
一旦犯了錯，即使一而再、再而三地犯錯也不奇怪——在推理小說的世界裡，確實有將經由科學蒐證得到的線索奉為圭臬的傾向，但是在實際的案子裡，人為疏失是無法避免的。

不管是指紋鑑定，還是DNA鑑定，會弄錯的時候就是會弄錯。

然而，這幾乎是雞蛋裡挑骨頭了。再怎麼樣，也不會把刺殺和窒息而死搞錯吧——

「是的，你說的沒錯，我也覺得不可能把刺殺和窒息而死搞錯。只是，如果要嚴格來說，我記得調查檔案裡寫的被害人死因是『因為刺傷導致的心因性休克』。」

忘卻偵探的助手從雞蛋裡挑出小骨頭。

「就我在案發現場看到的，也幾乎沒怎麼出血呢。」

「這我就不知道了。但不管是失血過多，還是休克死亡，被刺死這件事應該不會有任何改變吧？」

「可是，如果是休克死亡，原因就不一定是『殺傷』了——因為胸部被刺了一刀，那個視覺效果太過於強烈，才不由自主地把兩件事畫上等號，但其他理由也可能會導致休克死亡。」

……難不成這個青年以為『休克死亡』是『嚇死』的意思嗎？呃，廣義而言，要這樣解釋也沒錯，但是在醫學用語上可不是那個意思。

再怎麼說，窒息跟休克死亡都是兩碼事……因為密室裡的氧氣濃度再低，也不會在門一關上的瞬間就突然歸零。

「『不會在門一關上的瞬間就突然歸零』是密室外面的人的見解喔，日怠井警部。」

隱館青年說道。

「不過，我也這麼以為。因為陳列了一整牆收藏品的展示室十分寬敞，所以就算聽說以前是金庫室，也壓根兒不會聯想到被關在裡面可能會有窒息的風險——直到得知今日子小姐留下的訊息。」

「…………」

「只是，如果問我自己真的被關在那種密室裡，是否還能保持冷靜，我認為是不能的。如同很少有嫌犯在偵訊室裡還能保持冷靜——再加上先前提到的，十木本先生對『呼吸』有著莫名的恐懼症……了解到這一點，也就能明白屋子裡到處都擺著空氣清淨機的理由了……」

恐懼症——原來如此。

偏偏因為誤診被摘掉半邊肺的被害人對「不能呼吸」有著「病態」的恐懼——他甚至因此放棄正常的社交生活，寧願成為遊手好閒的敗家子。

假設真如隱館青年所說，是有人刻意把他關在密室裡，我無法想像他當時會有多驚慌……若是在喜劇或搞笑漫畫裡，就算因此休克而死也不奇怪。

（不，等一下喔，即便不是休克死亡……）

也可能會因此演變成呼吸衰竭。

那是一種突發性的症狀。

據親切警備主任透露，十木本之所以放棄社交生活，並非基於健康上的理由，而是因為深怕「被搞錯」的他，只要周圍的人一多，就會陷入呼吸困難——既然如此，這裡可以更武斷地勾勒出輪廓嗎？

假設人多等於氧氣的消耗量也多……就能假設他擔心的不是遭人誤解，而是窒息。

那又怎樣？

日怠井警部很快聯想到這麼一來，當十木本「被關進」展示室的瞬間，即使「氧氣不會突然歸零」，但還是很有可能陷入恐慌狀態——就算不是對呼吸器官本來就有心靈創傷的十木本，一旦被關在密室裡，任誰都會陷入恐慌狀態吧。

儘管如此，唯有十木本被發現時是明顯遭到刺殺這點，終究不是假設，而是事實——不管在假設上疊加再多層假設，唯有這個事實依舊牢不可破。

無法洗清今日子小姐的嫌疑。

如果這樣還要東拉西扯地強詞奪理，擠出類似推理的論調……陷入混亂狀態，認為再這樣下去就會窒息的十木本，為了獨占氧氣而不再追求示愛，反倒打算對今日子小姐痛下毒手，而今日子小姐為求自保，不得已只好刺殺十木本——有這個可能嗎？

然而，若要討論這個可能性，就必須也同時檢討今日子小姐為了獨占氧氣，刺殺十木本的可能性，否則稱不上是公平的偵辦。屆時，動機是比起為了金錢的強盜殺人更迫切一點……畢竟渴求的是氧氣。

「不過，倘若是為了獨占氧氣而自相殘殺，可能無法問她的罪——縱然不是正常防衛，那種情況應該也適用緊急避難。」

被冤枉的專業戶露了一手對法律的知識——形跡可疑的舉動至此也變得看似堂堂正正。

「可是，實際上應該沒有自相殘殺。」

但隱館青年接著說。

「你想想看，要是假設得沒錯，十木本因為『被關起來』而陷入恐慌狀態，導致呼吸衰竭的話，根本沒有必要殺他——不需要親自動手。還有，就算在那種情況下遭到被害人攻擊，應該也能輕易地避開。」

雖然不能說得這麼斬釘截鐵，但是既然室內還有足夠的空間，比起刺殺陷入恐慌狀態的人，滿屋子逃竄才是明智之舉吧。

名偵探又不是笨蛋，當然會採取明智之舉——今日子小姐在偵訊室或拘留所的態度，足以證明忘卻偵探即使在逆境之中也能保持平靜的推測。

諷刺的是，被當成兇手一事，多少也為今日子小姐並不是突發性的殺人犯背書——就算被關起來，置身於再這樣下去氧氣可能會不夠的狀況下，她也不會馬上陷入恐慌狀態，應該會思考自救的方法。

不，不只是自救的方法，還有救人的方法——有道理。

換成是普通人，光是被關在金庫裡出不去，就已經足以形成充分的壓力了，再加上與此同時，一起被關起來的人還因為陷入恐慌而導致呼吸衰竭的話，應該無法冷靜處理，只會驚慌失措——但如果是今日子小姐，或許在那種狀況下依舊能採取適當的行動。

而且還是以最快的速度。

問題是，這種情況下的適當所指為何——為了獨占氧氣，給陷入呼吸困難的同伴者致命一擊嗎？不，那麼做著實稱不上適當。隱館青年說的沒錯，根本不需要弄髒自己的手。

既然如此，要做的反而是急救措施——面對陷入呼吸衰竭的人，最適當的舉措莫過於人工呼吸——

「處理呼吸衰竭，人工呼吸不見得是最適當的作法，日怠井警部。不僅如此，人工呼吸有時候還會成為致命一擊。」

「什麼？可是，對於發紺（Cyanosis）的症狀——」

警察也要接受最基礎的救護講習。呼吸困難時，要先讓呼吸困難的人仰臥，確保氣管暢通——但如果不是發紺呢？

倘若是與發紺互為表裡的那個症狀——沒錯，被害人最怕的莫過於氧氣不足，所以這時比較可能會發作的症狀反而是——

過呼吸。

如果是過呼吸，那麼絕不能進行人工呼吸。因為當事人已經處於過度換氣的狀態，要是繼續送入空氣，可能會導致肺泡破裂。不，就算沒做人工呼吸，最壞的情況也可能會併發氣胸——

（…………！）

「所——所以今日子小姐才會刺穿被害人的左胸嗎!?為了救他一命!?」

隱館青年默默地點頭。屏住呼吸。

5

提到電視連續劇，目前的趨勢仍以刑事劇或醫療劇占大宗——因此氣胸這種以前可能很陌生的症狀，如今也逐漸廣為人知，用不著熟讀《家庭的醫學》，也已經知道刺穿肺壁是氣胸有效的緊急處理方法。

事實上，就連我這種外行人也知道的話，即便今日子小姐沒看過最近的電視連續劇，基於身為偵探的教養，知道這點也不足為奇……反而是不知道才奇怪。

然而，有一個盲點。

從文字上來看，刺穿陷入呼吸衰竭的患者胸部好救他一命，的確是非常戲劇化的畫面，說得好聽一點，甚至有些帥氣——但經由穿刺的急救措施依舊與人工呼吸有著一線之隔。

屬於外科手術。

由不是醫療從業人員所進行的外科手術，是完全違法的行為——正因為如此，才會完全變成盲點。

對於日怠井警部如是，對我亦如是。

聽到左胸被刺一刀，就會不自覺地聯想到「是要刺心臟吧」，完全不會想到肺臟也在人類的左胸。我固然從今日子小姐緊握在左手的硬幣訊息——「呼吸（BREATH）」跳躍式地以直覺導出這個結論，但也同時產生「有必要做到那個地步嗎？」的疑問——也因此，日怠井警部再三思索從今日子小姐的保鑣口中打聽到的被害者個資後，也不得不接受「有必要做到那個地步」的結論。

即使引發氣胸，只要還能用另一邊的肺呼吸，就表示呼吸系統沒有問題——這麼一來根本不用以身試法。但被害人另一邊的肺已經因為誤診被整個摘掉——在過呼吸轉成發紺前，必須分秒必爭地讓被害人恢復自主呼吸。

在這種分秒必爭的情況下，再也沒有人能比忘卻偵探更快速——按部就班地確認過右肺的狀態後，今日子小姐想必是毫不猶豫地刺穿了十木本先生的左胸吧。

在那種情況下，法律或自保的想法都無法讓今日子小姐停手——從死因並非窒息死亡來思考，針對氣胸的處置本身是成功的。

只可惜，仍然回天乏術。即使用上最快的速度，仍然來不及。

如果讓外行人基於從醫療連續劇得到的知識發表意見，死因是氣胸使得左肺膨脹，進而壓迫心臟，阻斷血液循環，導致心跳停止，休克而死——大概是這麼回事吧。

這麼一來，與接收他的大醫院在病歷上偽造的「敘述詭計」就沒有矛盾了——院方不想再提起過去的醫療過失，但也不能明目張膽地說謊，只好從死因裡拿掉與呼吸器官有關的敘述。

把不利於己的敘述全部摘除。

「……要確認這個飛躍式的結論是否正確非常簡單，雖然不能稱之為尋求第二意見……但只要申請解剖被害人的遺體就行了。當然是由警察醫院解剖。」

一般來說，這麼單純的「刺殺命案」不至於要解剖遺體，但是也沒辦法，畢竟接收被害人的醫院出示的死亡證明不足採信——只要進行血液檢查，就能確定被害人臨死前是否曾氣胸發作，或許從呼吸狀態也能確認。當然，就算被刺的是肺部，也必須檢討因此所引起的休克導致心跳停止的可能性——因為急救措施也可能導致死亡，所以外行人從事醫療行為才會違法。

「——可是，隱館先生，如果是這樣，又出現一個謎團了。就算是違法行為，可是對今日子小姐而言，都是基於信念所從事的醫療行為。就算結果還是回天乏術——但為了證明自身的清白，只要大大方方地把整件事仔細地寫下來不就好了，犯不著迂迴曲折地握住硬幣，留下訊息吧。」

沒錯。這也是我在案發現場產生的疑問。

即使沒有筆，應該還是有別的辦法，例如用同一把刀在地上刻字，或者是用硬幣在地板上排字等等——如此一來，事情也不會變得這麼複雜。

再說，只要熬一個晚上不睡覺，與之相關的記憶就不會重置，今日子小姐也不會莫名其妙變成刺殺被害人的嫌犯——只是，事情沒有這麼簡單。

因為不僅施予急救沒能發揮作用，十木本還是死了。被關在展示室裡，氧氣遲早會耗盡的狀況也沒有任何改變。

不，嚴格說來有一點改變。

供她使用的氧氣量變成原來的一倍——然而，既然不確定原本有多少氧氣，又不確定救兵何時才會出現，著實令人坐立難安。基本上，偵探與委託人在展示室一事應該沒有任何人知道。但既然是在宅子裡，被關起來的又是宅子主人，應該沒多久就會有人前來搭救——實際上，管原太太第二天一早就發現「少爺」不知去向，破門而入。

事到如今，已經知道十木本的個人情報再回頭看，管原太太當時沒找鎖匠，而是選擇破門而入的方法，或許就是擔心對呼吸器官懷有精神創傷的主人被關在密閉性高的房間裡可能會發作。

而她擔心的事也真的發生了。

即使這個事實並沒有比企圖對心儀的對象亂來，結果反而因為對方奮力抵抗而被刺死的假設好到哪裡去。

「無論如何，今日子小姐都必須減少活動量才行。雖然她這個人充滿行動力，動作又迅速，平常總是靜不下來，說是為了行動而活也不為過，但是唯獨在那個當下，必須盡可能不動，盡可能不呼吸──將氧氣的使用量降到最低，等待救援。」

「不不不……隱館先生。又不是瑜珈大師，怎麼可能控制呼吸……」

日怠井警部說著說著，似乎也意識到了──當然並不是想起今日子小姐是瑜珈大師這種事。

而是想到今日子小姐之所以睡著的事。

在密室中，進入睡眠狀態。

縱使沒想指望能得到類似瞑想的效果，至少在可以採取的手段中算是最恰當的一種──然而，也不能就這樣睡著。因為她具有一睡著，記憶就會重置的特殊體質──要是在一張白紙的狀態下醒來，非但置身於密室裡，身邊還有一具胸部被刺了一刀的屍體，即便是今日子小姐，可能也會認為自己就是兇手。

因此，必須在時間緊迫的情況下──在缺乏氧氣的情況下，即興創作出死前留言給自己。

沒有時間多想。

只能利用手邊有的東西來即興創作。

難以理解也好，迂迴曲折也罷——不理想也好，不完美也罷，來不及把所有的可能性都考慮到，只能當機立斷地採取最先想到的作法——相信一定可以把自己現在已經知道的真相，傳達給明天的自己。

只可惜「今天的今日子小姐」未能百分之百地完美回應來自「昨天的今日子小姐」百分之百的信賴——無法一覺醒來，就從立刻緊握在手中的幾枚硬幣找出真相，要是能做到這一點，她也不會被當成現行犯逮捕了。

話說回來，當時可以考慮到的可能性太多了，將網羅推理奉為圭皋的今日子小姐無法立即鎖定真相——正因為如此，才會乖乖地束手就擒。

我原本以為今日子小姐是主動跳進陷阱裡，但這麼說來，她比較像是落入自己設下的陷阱。

為了讓警方告訴她案情的梗概——勇闖偵訊室，占領拘留所。

她大概是在詳閱調查檔案時，就已經掌握住大致的狀況了，但是由於其中也摻雜著來自接收被害人的醫院布下的敍述性詭計，所以光靠那份報告還無法得到確信。因為即便能夠猜到十木本就是委託人，但若不知其右肺的問題，就不可能推理出自己為何會採取那麼魯莽的行動。所以才會以幾近對日怠井警部背信的方式，差遣我這個「專家」為她跑腿。

鞏固證據。

日怠井警部似乎以為是因為今日子小姐無法完全相信限制自己人身自由的警察，才讓我這個第三者涉入其中，但是說得更正確一點，今日子小姐其實是不相信調查檔案吧。因為光看調查檔案的話，只會得出「我就是兇手」的結論。

「謎團暫且不論……雖然還有些問題……」

日怠井警部沉默了好一會兒，做出結論。

「至少……現在已經沒有理由繼續以強盜殺人的嫌疑扣留嫌犯了。」

人稱冤罪製造機的他，這時看似散發出如釋重負的氣息。是因為終於能把忘卻偵探從牢房裡轟出去了嗎——還是我帶了點壞心眼的解讀呢？

但，如果是這樣的話，對日怠井警部就很不好意思了，因為截至目前的推理都只是我個人的想法——一介外行人的意見……雖說是專家，頂多只是身為忘卻偵探的專家提出的意見。

忘卻偵探可能又會有不同的意見。

說不定我講的這堆長篇大論全部都猜錯了——因此我把視線投向擺在桌上，讓這間偵訊室可視化的智慧型手機。

我看著對地下室的拘留所進行轉播的手機鏡頭。不，看著麥克風。

「今日子小姐，這樣可以嗎？」

要說可以還是不可以，沒有一件事是可以的——無論真相為何，皆無法改變十木本死於非命的事實。

可憐人就這麼可憐地死掉了。

怎麼可以接受這樣的真相。

所以我重新問了一遍。

「今日子小姐，我擔任你的助手，今天這樣算及格嗎？」

對得起十木本生前將我視為好對手（RIVAL）嗎——我沒說到這個地步。

得不到回答。

果然還是不及格嗎？正當我感到不安，日怠井警部似乎察覺狀況有異，拿起手機，把音量調到最大的結果——

「ZZZ……」

從話筒的另一頭傳來均勻的鼻息。

無論什麼樣的案子都會在一天內解決的忘卻偵探睡著了，是破案的最好證明，也是給不中用助手的結業證書。

忘卻偵探身上雖然充滿了謎團、充滿了祕密，虛實交錯，來歷不明，但唯有她那均勻的鼻息聲，可以說是表裡如一，近乎潔白的無辜。

尾聲

掟上今日子的釋放

因為既定的手續多如牛毛，忘卻偵探到了第二天的傍晚才獲得釋放——不過，日怠井警部去拘留所探視她時，今日子小姐還躺在床上呼呼大睡，所以在她的認知裡，「今天」才剛開始。

「我為什麼會被關在這裡……？為什麼會穿著警察制服……？」

即便是今日子小姐，剛醒來的時候似乎仍然受到一點衝擊，因此日怠井警部將原委從頭到尾解釋了一遍——包括因強盜殺人的嫌疑被逮捕的事、這項嫌疑已經洗清的事，以及警察制服是你擅自穿上的事。

「別開這種玩笑喔。我怎麼可能使出詭辯只為了穿上女警的制服呢。這無疑是欲加之罪。」

記憶重置後依舊是個難纏的嫌犯——希望她不要再回來了。

「別這麼說，我還會再來喔。就像前女友那樣。」

「請不要像前女友那樣出現……至於明明是外行人卻從事醫療行為這

點，並沒有冤枉你吧？關於那件事，我改天會再去請教你。」

「如果是改天，就跟今天的我沒關係了。」

今日子小姐揣着明白裝糊塗。

感覺隨著記憶重置，難纏指數與厚臉皮的程度反而更增添了幾分。

（算了，就不要與她計較……反正重新鑑識的結果也已經出爐了——）

「可以請日怠井警部幫我把歐元硬幣還給十木本家嗎？因為嚴格說來，那也是『前天的我』犯下的違法行為。」

「好的，這點小事我很樂意代勞。」

雖然稱不上強盜罪，但畢竟是擅自把收藏品帶出來，所以竊盜罪還是有可能成立……只不過，既然原本的所有權人十木本似乎有意送給今日子小姐，說到底還是很難成立吧。

「收藏品應該會由據說與他不相往來的遺屬平分，但是至少這些歐元硬幣，我會託隱館先生轉交給管原太太。」

「那就有勞您了。也請委婉地告訴那位太太這件事的真相，就像您現在告訴我的這樣……隱館先生是嗎？真是承蒙他照顧，雖然我已經忘記了。」

說得一副事不關己。

身為助手，再怎麼為這個偵探鞠躬盡瘁，也只是一場徒勞。

「算了，雖然我不希望你以前女友的身分出現，但如果是偵探的身分，應該還會再請你過來一趟。因為你的嫌疑雖然已經洗清了，但我委託你的事還沒完成。」

「咦？是這樣的嗎？」

這態度並不是打馬虎眼，而是真的不明白他在說什麼——不不不，她的嫌疑的確已經洗清，但要是以為一切都結束了，那可是很令人傷腦筋的。

除非逮捕到真兇，否則稱不上破案。

狀況跟上次的案子不一樣。

「哦。真兇——是嗎。」

「沒錯。根據隱館先生的推理，把門關上，將你和十木本關在展示室裡的乃另有其人，不是嗎？恐怕是為了讓被害人陷入呼吸衰竭的症狀——」

雖然稱不上是有十足把握的殺人手法，但是偽裝成意外，就算沒造成呼吸衰竭，萬一發現得太遲，還是會有窒息的危險——所謂的間接故意。

必須搞清楚真兇到底是如何躲過巡邏員警的監視，入侵十木本家——最可疑的莫過於具有遺產繼承權的親戚們，但是考慮到警察崗哨的存在，也有內部犯案的可能性。

包吃包住的佣人都有嫌疑。

誰知不料沒想到，說不定第一發現者「管家婆婆」才是真正把門關上的那個人——或是知道那扇後門的第三者幹的——

「我猜沒有那個人喔。」

「什麼？」

有樣學樣的網羅推理被打斷了。

「呃，您可能會想說，這個現在才聽聞此事，一知半解的傢伙在說什麼呀……但其實不用想得那麼複雜哪……這裡應該採用奧坎簡化論（Ockham's Razor）。日怠井警部剛才雖說是『偽裝成意外』——」

但就認為是意外不是比較妥當嗎。

今日子小姐說道。

（意外……是嗎？）

「你是指不小心把門關上嗎？十木本先生本人嗎？這麼粗心大意的失誤——不太可能吧。那可是自己家、自己的房間喔？」

「是沒錯。但一路聽下來，那個人委託過我好幾次對吧？也就是說，他帶我去參觀過那間展示室好幾次——如果只有一次的話，反而會小心點吧，可是一再重覆的話，難免會失手個一兩次。因為是自己家、自己的房間——反而會鬆懈吧。」

被這麼一說，還真是無法反駁。

不，可是……也罷，這麼一來，不用特地揑造出「真兇」也能結案——無論親戚們再怎麼可疑，但冷靜想想，那些親戚們應該都比被害人更有錢；至於由佣人自內部犯案的假設，被害人一死，他們反而會失業。

比起假設有個知道後門的第三者，發生意外的可能性的確還高一點——

然而，還是很難想像對「無法呼吸」的恐懼比一般人強烈的十木本會犯下這種失誤。

反而要比一般人更小心吧。

不過，如果要這麼說，單是把氣密性特別高的金庫室改裝成收藏品的展示室就已經不太對勁了——

「所以才說是『間接故意』哪，日怠井警部。」

今日子小姐如是說——忘卻偵探如是說。

最快的偵探如是說。

「聽到他頻繁進出於這種一旦被關在裡面可能會窒息的房間，我這個偵探馬上就想到了——為什麼要做這麼危險的事呢。這簡直是自殺行為。」

「…………」

「會不會，十木本先生其實暗自希望自己哪一天會不小心關上鐵門——購買介護用的床鋪，向周圍的人強調自己想活久一點的另一面，其實潛藏著那樣的願望。」

怎麼可能，十木本怎麼可能會想要自殺，動機何在——

日怠井警部心想，卻無法反駁。

想死的理由，要多少有多少。

並非願望——而是絕望。

「……就連把今日子小姐捲進這個不小心的失誤裡，也是他的願望嗎？所以才會一而再、再而三地委託你，邀你去展示室？也就是說，十木本先生內心的願望或許是——和你殉情？」

「這我就不清楚了。也不打算對沒見過的人說三道四。」

今日子小姐說到這裡，算是與對方劃清界線，然後做出結論。

「明知有潛在風險，可是一旦真的被關在房間裡時，依舊恐慌成那樣的理由——要解釋是因為不小心把我拖下水，也不會太矛盾。」

真不愧是最快的偵探。

一旦把手銬拿掉，醒來才五分鐘，就把問題給解決了。

（……真是的）

即使故事封面寫著殺人命案，只要被名偵探翻到背面，就成了連意外死亡都稱不上的病故——故事的真相，只是不幸的事故。

搞到最後，這次又扮演了「脫線的刑警」——仔細想想，由始至終都是這麼一回事。

無論隱館青年的努力有沒有回報，總之他這個助手的角色或許扮演得比預期的還要稱職——要是少了他這個忘卻偵探的專家，忘卻偵探大概也無法無罪獲釋吧。

但無論日怠井警部在與不在，這個案子都一定會水落石出……親切警備主任遲早會察覺事態有異，趕來警署，這麼一來，就能搞清楚委託人——也就是被害人的背景。這次雖然表現出想要凌駕於名偵探之上的決心，然而終歸那種態度正是丑角的慣例。

「哎喲喂呀，您也太謙虛了吧，逮捕我的名刑警。」

「請不要取笑我了。逮捕你的是其他刑警，我只是接下他的工作而已。實際上，主要負責解謎的也是你的專家——你的『搭檔』隱館先生，我什麼也沒做——」

「嗯，『昨天的我』肯定也很感謝那位什麼隱館先生的鼎力相助吧，雖然現在我都不記得了。」

那位什麼隱館先生的一片癡心再度付諸東流。

這麼一來，他不禁重新思考，或許扮演脫線的刑警還比較好。

「可是，我想『昨天的我』也同樣，或者是更加感謝日怠井警部喔，雖然不記得了——但要是沒有日怠井警部，我一定無法無罪開釋的。」

忘卻偵探以不容置疑的語氣斷定。

既不是推理，也不是假設。

「因為日怠井警部，您其實很討厭我吧。」

「咦……絕對沒有那種事。」

嫌棄她的心情表現在態度上了嗎？

不，或許是在講述案情的梗概及問案的口吻裡，不由自主地夾雜了對名偵探的排斥心理也說不定……這真是太粗心大意的失誤了，早該料到這位忘卻偵探才是審訊的高手。

「『昨天的我』之所以能確信我是無辜的，無疑是因為『前天的我』留下了死前留言，但是那個訊息很可能完全是信口開河──『前天的我』是為了得到收藏品，失手殺害了十木本先生的可能性，也不完全是零。因此，萬一我真的是兇手，如果是對我沒好感的人，必定能做出公正的裁決。這是防止名偵探暴走的安全網。這可是粉絲或專家，又或者是接下來要準備回家吃自己的警備主任無法勝任的工作喔。什麼不需要助手的偵探，對我來說是過譽了，我一向很重視能以嚴正的標準看我，與我平起平坐的批判者。」

還是日怠井警部──今日子小姐惡作劇般笑了。

「您其實是喜歡我的嗎？」

（…………）

無法產生共鳴──日怠井警部心想。

反而覺得火大。

想成為忘卻偵探的搭檔──日怠井警部曾辛辣地將其評為是無法區別現

實與妄想的敗家子莫名其妙的鬼話——換成是自己，才不想成為襯托名偵探的角色，那樣只會讓他幹勁全失。

儘管如此，終究還是同一枚硬幣的正反兩面也說不定。

聽到平起平坐這四個字，若說年紀已然一把的他沒有絲毫得意洋洋的心情，可能會構成偽證罪——真不希望被人用「渴求得到他人肯定」這種原始的詞彙來形容這種情緒。

（討厭與自己同類的人……可以這麼說嗎）

心心念念絕不能輸而一整天都在持續抵抗的昨天——或者是更早以前的某一天，對日怠井警部而言，終於都在這一瞬間結束了。

您其實是喜歡我的嗎？

（所有人都是像這樣被這個人籠絡了吧……無一倖免，每個人都被她用歪理誑住了）

真是的，全都在她的掌握之中。

真是個罪孽深重的偵探。

「那個嘛……」

「什麼？」

「那才是莫須有的罪名喔，今日子小姐。」

這次就不跟她計較了。

下次的初次見面，又是對手了。

日怠井警部露出苦笑，下定決心，在拘留期限內釋放了錯當兇手逮捕，臉皮自始至終都比城牆還厚的嫌犯。

附記

照約定，我成為記者圍井都市子眾多的消息來源之一，在可以公開的範圍內，提供了本案的內幕，但她並未將其寫成新聞報導刊出。或許是她認為這個案子沒有新聞價值，也或許醫療的黑暗面才是她感興趣的主題。無論如何，她打算要撰寫的忘卻偵探傳記，可能還要好久好久才能出版。

我從圍井小姐口中打聽到，今日子小姐的保鑣比我還清楚我自己的事，我卻連他的名字也不知道，而且他好像又被開除了。不過，據日怠井警部透露，就是他來接獲釋的今日子小姐回家——顯然是局外人無法理解的關係。

至於我，與那兩個可靠的人成對比，今天又回到有如抄寫經文般地填寫履歷表的日常。同樣是恢復日常生活，相較於在破案的同時沉沉睡去的今日子小姐，我則是有一種如夢初醒的感覺。

就連十木本未末這個人是否真實存在過，我也不敢肯定……不，或許我只是不想確認而已。

可憐人就這麼可憐地死掉了。

或許我只是不願意這麼想。

因此，藉由下意識地把那件事當成沒發生過，試圖以「間接故意」的方式，自然地淡忘——可是，真的是那樣嗎？

可憐人就這麼可憐地死掉了。這就是結論嗎？

過一陣子再回想——唯獨這件事是忘卻偵探辦不到的——總覺得也不見得是這麼一回事。

對引發呼吸衰竭，即使經過急救仍然回天乏術的他，只用一句「可憐」就將其蓋棺論定，好像也不太妥當。

比如說他的發作，就結果而言，反而是為一起被關起來的今日子小姐留下了更多的氧氣……若從這個角度解釋，十木本先生在花了一輩子蒐集的收藏品包圍下，為了自己心儀的名偵探而死，這個結局就算稱不上幸福，或許也不算太糟糕。

再說得更穿鑿附會一點，假如他是故意發作呢……？

這種事究竟可不可能辦到只全憑想像，但倘若真是因為必然的過失，不小心把自己和偵探關進密室裡的委託人，為了讓心儀的對象活下來，故意放棄從呼吸衰竭的狀況裡復原的可能——那麼當時的他。

渴求的大概不是呼吸（BREATH），而是祝福（BLESS）吧。

並非毫無意義——因為搞錯被害死，而是為心儀的偵探貢獻一己之力，有意義的死。

想當然耳，那個實事求是的今日子小姐才不會認同這種自我犧牲的英雄主義，或許正因為如此，才不惜以身試法，採取侵入性的急救措施——只要換個角度，看法就會跟著改變。

表裡翻轉。夢境與現實，也隨之互換。

若說在這次的案子裡，有什麼是唯一沒有翻轉的東西，就只有今日子小姐對自己的定位……不管是被請進拘留所，還是在收藏品的環繞下被委託人全心追求，她從未放棄身為偵探的角色定位。

正因為是一張白紙，才能表裡如一。

我就辦不到。

感覺彷彿從受到素昧平生的高等遊民欽羨的夢境裡醒來，我依舊找不到工作的現實仍在繼續。

既然如此，他對我那股莫名其妙的誤解，或許有朝一日會變成真實也說不定……或許能將其化為真實的明天終將到來也說不定。

我帶著寫好的履歷表，前往置手紙偵探事務所——但今天不是以委託人的身分。

寫在最後

「負負得正」這道題過去在小說中已經數不清到底被用過幾次，幾乎已經可視為推理小說的基本句型，但如此大家都很熟悉的技巧若運用得不好，真相可能就會給人「咦，這很普通吧？」的印象……畢竟如果要再繼續顛覆「負負得正」的話，也就是「正正得正」罷了。不可思議的是，這點在推理小說裡，似乎是奠基於作者與讀者的信賴關係上的技巧，亦可看做是詭計。是介於想讓讀者大吃一驚的作者，與準備來看穿作者設下機關的讀者之間的一種奇妙信賴關係，或許也可說是一本推理小說之所以能夠成立的共犯關係。彼此間的拿捏要是一個不注意，就會落入「這點矛盾就當作沒看見吧」或是「某種程度被誤解也無可奈何」這般的同溫層，因此必須費一點心思；這麼一來，即使一眼看穿「這肯定是誤導」的假真相，也要假裝採信地繼續閱讀下去時，感覺反而是最緊張刺激的時刻。抱著被騙了的心理往下看——這樣的話，與其說「負負得正」是基本句型，不如說是作者與讀者之間的默契……不過也有不只是騙人，甚至還打破這個默契的情況，所以不能一概而論吧。

如此這般，忘卻偵探系列也大概來到了第九集。我記得不是很清楚了，可是啊，對於這個系列，我可是一直抱著把每一本都當成第一集的心態在寫。換句話說，也等於總是抱著這可能是系列最終回的心態在寫，彼此互為表裡；但另一方面，也必須承認這本是因為有著過去那八本才能成立的一作。簡而言之，本書是由隱館先生篇與警部先生篇通力合作的一冊，事實上，不限於忘卻偵探系列，我其實很少這樣寫書，雖然不太習慣，但卻寫得很順手……大概是當做新系列的感覺來寫，才能忘了平常固定的寫作風格吧。在不斷把卡片翻來覆去的過程中，就搞不清楚哪邊才是正面、哪邊又是背面了，如此這般，忘卻偵探系列第九集……咦？到底是《掟上今日子的裡封面》？還是《掟上今日子的封面裡》呢……

配合書名與內容，本書封面設計成了雙封面的款式。還請大家好好欣賞由VOFAN先生所描繪，表裡合一的今日子小姐。無論表裡都是出人意表的模樣呢。下一本是第十集，書名我想應該是《掟上今日子的色票卡》吧。只要我沒忘記的話。

西尾維新

娛樂系 044

掟上今日子的裡封面

作者 西尾維新
譯者 緋華璃
責任編輯 林依俐
封面繪圖 VOFAN
封面設計 Veia
版型設計 POULENC
內文排版 高嫻霖

發行人 林依俐
出版 青空文化有限公司
台北市大安區敦化南路二段105號10樓
讀者服務信箱：service@sky-highpress.com

總經銷 大和書報圖書股份有限公司
電話：02-8990-2588

印刷 前進彩藝有限公司
出版日期 2022年12月 初版一刷
定價 320元
ISBN 978-986-96051-6-8

國家圖書館出版品預行編目 (CIP) 資料

掟上今日子的裡封面 / 西尾維新著 ; 緋華璃譯 .
-- 初版 . -- 臺北市 : 青空文化 , 2022.12
344 面 ; 10.5 x 14.8 公分 . -- (娛樂系 ; 44)
譯自 : 掟上今日子の裏表紙
ISBN 978-986-96051-6-8(平裝)
861.57
107006159

青空線上回函